鴨川食堂

1

尋味之旅的開始

柏井壽

目次

第一道　鍋燒烏龍麵　3
第二道　燉牛肉　45
第三道　鯖魚壽司　84
第四道　炸豬排　125
第五道　拿坡里義大利麵　161
第六道　馬鈴薯燉肉　193

第一道　鍋燒烏龍麵

鍋焼きうどん

窪山秀治站在東本願寺前，寒風吹起的枯葉在空中飛舞，他忍不住把風衣的領子豎了起來。

「原來這就是比叡降風啊。」窪山在路口等號誌燈轉綠時，兩道眉毛皺成了八字形。

「京都的寒風冷到刺骨」每到嚴冬季節，寒風從山上奔騰而下，吹向三面環山的京都盆地。窪山從小長大的神戶也有六甲降風，但寒冷程度完全不一樣。

走在正面通，抬頭看向遠方，東山的連綿山峰已是一片淡淡的銀妝。

「不好意思，請問這附近有沒有食堂？是一家名字是『鴨川食堂』的店。」窪山問一名騎著紅色機車的郵差。

「如果你是問鴨川先生的住家，就是轉角後第二戶人家。」郵差用一副在處理公事的態度，指著馬路右側回答。

窪山過了馬路，站在一棟看似歇業商鋪的房子前。

這棟看起來完全不像是店家的兩層樓房子以前似乎曾經有過招牌和櫥窗，外牆上有兩塊四方形的區域胡亂刷了白色油漆，但是整棟房子並沒有人去樓空的寂寥感，而是可以感受到人的溫度，感覺目前仍然在營業中。

這家店似乎用這種不友善的外觀拒絕遠方的客人，但餐廳特有的氣味向四周飄散，又像是在吸引客人上門，屋內還傳出了談笑的聲音。

「很像是流開的店。」窪山回想起和老同事鴨川流共度的日子。雖然現在兩個人都已離開前職，但年紀比他小的流比他更早辭職。

窪山抬頭看了那家店，伸手打開了鋁製拉門。

「歡迎光……這不是窪山叔叔嗎？」小石端著圓托盤臉色頓時僵住。

第一次看到流的獨生女小石時，她還是小嬰兒。

「小石，妳真是越大越漂亮了。」窪山脫下了風衣。

「沒想到是秀哥啊。」身穿白色廚師服的鴨川流聽到聲音，從廚房走了出來。

「果然在這裡啊。」窪山瞇起眼睛，對流露出了溫暖的笑容。

「你真有本事，竟然有辦法找到這裡。請坐請坐，雖然小店很破舊。」

流用手巾擦了擦鐵管椅的紅色椅面。

「我的直覺還沒退步。」窪山對著凍僵的手指吹著氣，在椅子上坐了下來。

「我們有幾年沒見了？」流拿下了白色廚師帽。

「我記得最後一次見面好像是在你太太的葬禮上。」

「那次真是很感謝。」流鞠了一躬，小石也跟著鞠躬道謝。

「有什麼好吃的？我快餓死了。」窪山瞥了一眼旁邊正在大口扒著丼飯的年輕男客問道。

「初次上門的客人，只提供主廚特選餐。」流對他說。

「那就來一份。」窪山看著流的眼睛說。

「馬上就好，你稍微等一下。」流戴上帽子，轉身準備走進廚房。

「我不吃鯖魚喔。」窪山喝了一口茶。

「我們認識多少年了，我當然知道。」流轉過頭對他說。

窪山環顧店內。只有一名男客人坐在店堂和廚房之間有五個座位的吧檯前，店堂內的四張餐桌都沒客人，無論牆上和桌上都找不到菜單，店堂內的掛鐘指向一點十分。

「小石，給我一杯茶。」那名男客把吃完的空碗放回桌子。

「浩哥，你吃飯要細嚼慢嚥，否則會消化不良。」小石拿著清水燒的茶壺為男客人倒茶。

「我看小石應該還沒嫁人吧？」窪山看了看那個叫浩的男人一眼，又看著小石。

「我覺得她眼光太高、太挑剔了。」流拿著托盤，把主廚特選餐送了上來，小石狠狠瞪了他一眼。

「也太豐盛了吧。」窪山瞪大了眼睛。

「不是什麼高級料理，用時下流行的話來說，就是所謂的『京都家常菜』，以前根本不可能端出這種菜色給客人吃，而且還向客人收錢，但是秀哥，我想你應該會想要吃這些。」流把托盤上的小碗、盤子一個一個放在桌上。

「你猜對了，看來你的直覺也仍然很靈光。」

窪山的視線看著桌上的盤子，流向他說明：「高湯滷黑海帶油豆腐，豆腐渣可樂餅，白芝麻豆腐拌山茼蒿，鞍馬煮沙丁魚，炸豆腐丸。這是用京番茶燉的五花肉，梅肉拌生豆皮，還有小石醃漬的米糠醬菜。沒有一道稱得上大菜，唯二上得了檯面的，就是煮得比較硬的江州米，和海老芋味噌湯。你請慢用，味噌湯裡多撒些山椒粉，可以暖和身體。」

窪山聽著流的介紹，不停地點頭，雙眼都發亮了。

「叔叔，趕快趁熱吃。」

窪山聽了小石的催促，立刻撒了山椒粉，拿起了味噌湯的碗。他先喝了一口湯，再把海老芋放進嘴裡，咀嚼之後，點了兩、三次頭。

「軟糯入味，太好吃了。」

窪山左手端著輕巧的飯碗，拿著筷子的手不時猶豫，不知道該先吃哪一道，但還是接連夾起了小碗裡的菜餚。他把滷得很入味的五花肉配著白飯，一起放進嘴裡。細細品嘗之後，嘴角漾起了笑容。咬開炸得酥酥脆脆的麵衣，吃著裡面的豆腐渣。他咬了一口炸豆腐丸後，清淡的湯汁流了出來，從他的嘴唇滴落，他立刻用拿著筷子的手擦了擦下巴。

「要不要再來一碗飯？」小石把圓托盤遞到他面前問。

「好久沒有吃飯這麼香了。」窪山眉開眼笑，把飯碗放在托盤上。

「那就多吃點。」小石拿著托盤，跑進了廚房。

「吃得還習慣嗎？」小石才剛走進去，流就走出廚房，站在窪山的身旁問。

「你太厲害了，完全無法想像當年和我一起吃苦受累的人，竟然可以做出這麼好吃的料理。」

「那些往事就別再提了，我現在只是開了這家小館子、混飯吃的老頭子。」流低下了頭。

「窪山叔叔，你目前在哪裡高就呢？」小石把裝滿飯的碗遞到他面前問。

「前年退休了，目前在大阪一家保全公司當董事。」窪山瞇眼看著晶亮的白飯，立刻吃了起來。

「就是所謂的空降吧！很不錯啊，你還是和以前一樣，眼神始終那麼犀利。」流看著窪山的眼睛笑著說。

「山茼蒿的苦味，發揮了恰到好處的效果，這果然是京都才能嘗到的好滋味。」

窪山把白芝麻豆腐拌山茼蒿放在白飯上吃了下去，然後又津津有味地吃著米糠醃的小黃瓜。

「要不要吃茶泡飯？把鞍馬煮沙丁魚也加在茶泡飯裡。小石，快把熱焙茶倒進去。」

小石好像早就在等流發號施令，立刻把萬古燒茶壺裡的茶倒進碗裡。

「原來在京都，這叫鞍馬煮，我們那裡叫有馬煮，只是還會再加山椒一起煮。」

「現在是在炫耀自己的家鄉嗎？無論鞍馬還是有馬，都是山椒的知名產地。」

「我以前都不知道。」小石說。

窪山三兩下就吃完了茶泡飯，用牙籤剔著牙，喘了一口氣。

吧檯座位的右側掛著藍色底色的暖簾，那裡是廚房的出入口。剛才流從那裡進進出出時，窪山發現廚房的角落是鋪了榻榻米的客廳，牆邊有一個精美的佛壇。

「我可以進去上香嗎？」窪山探頭向起居室張望，小石帶著他來到佛壇前。

「叔叔，你是不是變年輕了？」小石將雙手搭在漥山雙肩上，打量著他的臉。

「不要調侃我，叔叔已經六十多歲了。」窪山上完香後，把座墊移到一旁。

「謝謝你這麼有心。」流瞥了佛壇一眼，向窪山鞠了一躬。

「在你工作時，你太太一直在這裡守護你啊。」窪山放鬆地坐在榻榻米上，抬頭看著站在廚房的流。

「她可是嚴格監視著呢。」流笑著說。

「只是我做夢也沒想到，你竟然會開一家食堂。」

「我正想問你這件事，你怎麼會來這裡？」流在客廳坐了下來。

「因為我任職的保全公司的老闆是個老饕，他是《料理春秋》的忠實讀者，董事室裡有擺每一期的雜誌，我看到雜誌上的廣告，馬上就想到是你了。」

「『蝮蛇窪山』果然厲害，廣告上完全沒有任何聯絡方式，你憑那一行廣告，就發現是我的店，然後找到這裡。」流搖著頭，語帶欽佩地說。

「我猜想你這麼做，一定有自己的考量，但既然打廣告，要不要寫得清楚一點？應該只有我能夠根據那個廣告找到這裡吧。」

「就是這樣才好啊，如果客人太多，我也很傷腦筋。」

「你還是這麼古怪。」

「你該不會在尋找回憶中的『那一味』？」小石站在流的身旁，探頭看著窪山的臉問。

「嗯，被你猜中了。」窪山的嘴角露出了笑容。

「你現在仍然住在寺町那裡嗎？」流站了起來，走向流理台。

「我和以前一樣，還是住在十念寺旁，每天早上沿著賀茂川，走到出町柳，然後搭京阪電車去上班。公司在京橋，所以很方便。話說回來，跪坐真累人啊，到了這個年紀，兩條腿都不聽使喚。」窪山皺著眉頭，緩緩站了起來，走回餐桌旁。

「我也差不多。每年掬子的忌日時，都會請和尚來家裡，每次都很傷腦筋。」

「你真用心，我家已經好幾年都沒請和尚來誦經了，我猜我老婆一定很生氣。」窪山從胸前口袋裡拿出香菸，看著小石的臉色。

「我們這裡沒禁菸，所以儘管抽菸沒關係。」小石把鋁製菸灰缸放在他面前。

「不好意思，我抽根菸，可以嗎？」窪山用指尖夾著菸，伸到浩的面前問。

「請便。」浩笑著回答，然後好像也被他提醒了，當下也從皮包裡拿出了香菸。

「年輕人還沒關係，到了我們這個年紀，真的非戒菸不可了。」流站在吧檯內對他說。

「她也一直這麼勸我。」窪山緩緩吐著煙說。

「你再婚了嗎？」

「我就是因為這個原因，希望你們可以幫我尋找『那一味』。」窪山瞇起眼睛回答了流的問題，在菸灰缸裡捻熄菸蒂。

「炸豬排丼很好吃，謝謝款待。」浩啪地一聲，把五百圓硬幣放在吧檯上，叼著菸走了出去。

窪山目送著他離去後，轉頭看著小石問：「男朋友嗎？」

「才不是呢，只是店裡的客人，是附近壽司店的老闆。」小石紅著臉，拍著窪山的後背說。

「秀哥，雖然我這麼說聽起來有點見外，但其實小石才是偵探事務所的所長，可以請你向她說明情況嗎？偵探事務所的辦公室在後面。」

「這樣啊，小石，那就拜託妳了。」窪山微微站起身。

「叔叔，那你等我一下，我馬上去準備。」小石拿下了圍裙，走向廚房後方。

「流，你這輩子都不打算再婚了嗎？」窪山又重新坐了下來。

「才五年而已，哪談得上是一輩子。如果我這麼快就再娶，我老婆會變成鬼來找我。」流為他倒了茶。

「現在的確還言之過早，千惠子去世至今剛好滿十五年，我想她應該能夠諒解我。」

「已經這麼多年了啊，時間過得真快。之前我常去你家蹭飯，吃千惠子姐做的菜，簡直就像是昨天的事。」

「她在其他方面讓人不敢恭維，但廚藝真的是天下第一。」窪山輕輕嘆了一口氣，陷入了短暫的沉默。

「差不多可以進去了。」流站了起來，窪山也跟著起身。

隔著吧檯的座位，掛著藍色底色暖簾的出入口旁邊有一道小門，流打開了那道門，出現了一條細長的走廊，這條走廊似乎通往偵探事務所。

「這些全都是你做的菜嗎？」窪山走在流的身後，看著貼滿走廊兩側的照片問。

「也有幾張不是。」流轉頭回答。

「這是……。」窪山停下了腳步。

「這是在後院曬辣椒的照片。我按照掬子的方法依樣畫葫蘆，只是很不道地。」

「以前千惠子也會做同樣的事，我只覺得幹嘛自找麻煩。」窪山再度邁開步伐。

「小石，我把窪山叔叔帶來了。」流打開了門。

「雖然有點麻煩，但還是可以請你填寫一下嗎？」

小石和窪山隔著茶几，面對面坐在沙發上。

「姓名、年齡、生日、住址、職業……，這簡直就像投保時填寫的資料。」窪山接過板夾，苦笑著說。

「我和叔叔這麼熟了，你只要簡單填寫一下就好。」

「那可不行，別忘了我以前也是公務員。」窪山把板夾交還給小石。

「你還是老樣子，做事一絲不苟。」

小石看了用楷書字體填滿的資料後，併起膝蓋，正襟危坐說：「請問你想要尋找哪一味？」

「鍋燒烏龍麵。」

「什麼樣的鍋燒烏龍麵？」小石翻開了筆記本。

「以前我老婆做的鍋燒烏龍麵。」

「你太太辭世至今，已經過了很多年吧？」

「十五年。」

「你至今仍然記得你太太做的鍋燒烏龍麵的味道嗎？」

窪山聽了小石的問題，正想點頭，但隨即改變了主意，微微側著頭。

「只記得大致的味道，還有加了些什麼料，倒是記得很清楚……。」

「即使你想要重現你太太的鍋燒烏龍麵，也無法做出相同味道嗎？」

「虎父果然無犬女，妳的推理能力太驚人了。」

「叔叔，你該不會打算請再婚的太太做這道烏龍麵吧？」

「不行嗎？」

「當然不行啊，竟然打算請現在的太太重現難以忘懷的前妻手藝，這也未免太不尊重人了。」

「妳就連貿然下結論這一點都和流一模一樣，雖然我這個人神經很大條，但也不至於做這種事。我只是請她做好吃的鍋燒烏龍麵，而且我也還沒再婚。她是我的下屬，我們很談得來。她離過婚，目前是單身，有時候會來我家玩，會下廚做飯給我吃。」

「原來是因為愛情的滋潤，難怪你看起來變年輕了。」小石抬眼看著他調侃道。

「到了我這種年紀，已經沒有所謂談戀愛的甜蜜，就只是一起喝咖啡的朋友。」窪山帶著有點害羞的笑容，繼續說了下去。「她叫杉山奈美，大家都叫她奈美，她的年紀比我小超過一輪，但在那家公司，她是我的前輩。公司的會計工作全都交由她處理，老闆也很信任她。我和奈美很合得來，我們會去看電影，或是去很多神社走一走，和她在一起很開心。」

「所以這是你的第二春。」小石露出了微笑。

「奈美目前獨自住在山科，她老家在群馬縣的高崎。她媽媽在兩個月前過世了，目前家裡只剩下父親一個人，所以她打算回高崎照顧父親。」

「她一個人回去嗎？」

「她有問我要不要和她一起回高崎。」窪山的臉脹得通紅地回答。

「女生主動向你求婚，恭喜啊。」小石輕輕拍著手。

「我兒子也很贊成，所以我也有這個打算，但飲食就成為問題。因為奈美是關東人。」窪山滿面愁容。

「所以你想找鍋燒烏龍麵？」

「雖然我不是在放閃，但奈美的廚藝很好，她做的馬鈴薯燉肉，或是各種炊飯這種日本料理很好吃，即使是咖哩、漢堡排的手藝也完全不輸專業廚師，她還會包水餃，也自己動手做肉包，幾乎所有料理都無可挑剔，比普通的餐廳更好吃，但是不知道為什麼，只有鍋燒烏龍麵完全不行。她真的很用心做，只不過和我以前吃的味道簡直有天壤之別，鍋燒烏龍麵是我的最愛，所以……。」

「我瞭解了，我爸爸會想辦法搞定，這件事就交給我處理吧。」小石拍著胸脯說道。

「妳說交給妳處理，卻是靠妳爸爸搞定嗎？」窪山苦笑著說。

「可不可以請你說得更詳細一點，像是使用什麼湯頭，加了什麼食材之類的。」小石拿著筆，準備記錄。

「湯頭就是京都的烏龍麵店常見的味道，也沒有加什麼特別的食材，不外乎就是雞肉、蔥、魚板、烤麥麩、香菇、炸蝦和蛋這些東西。」

「那烏龍麵本身呢？」

「不是像時下流行的讚岐烏龍麵那麼有嚼勁，而是有點軟趴趴，或者說黏糊糊的感覺。」

「京都的軟嫩烏龍麵就是那種口感，但是，叔叔，你應該也已經告訴奈美你想吃的鍋燒烏龍麵的食譜，或者說是什麼樣的鍋燒烏龍麵了吧，但她做出來的味道完全不符合你的要求。這件事也許沒這麼容易搞定。」小石皺起了眉頭。

「我不知道是不是食材和以前不一樣了，或是調味有問題。」

「你前妻有沒有提過，她是在哪一家店買的烏龍麵，或是在哪一家店買到的食材？」

「我對吃這件事沒什麼興趣……。妳這麼一說，我想起來了，她好像提過桝什麼，鈴什麼，還有藤什麼之類的。」

「桝、鈴和藤，還有呢？」小石拿著筆，看著窪山的臉。

「她在出門買菜之前，會像念經一樣自言自語，那些聲音至今仍然留在我的耳邊。」

「還有呢？有沒有關於味道的記憶？」

「我記得吃到最後，覺得有點苦。」

「苦？鍋燒烏龍麵會苦嗎？」

「不是烏龍麵會苦，但每次吃完，都覺得有點苦味……。不，也可能是我記錯了，可能是吃其他食物時的記憶。」

「照理說，鍋燒烏龍麵不可能會苦。」小石翻著筆記本。

「如果能夠讓我再吃一次記憶中的鍋燒烏龍麵，我就能夠心情愉快地去高崎。所謂入鄉隨俗，去了那裡，我就會努力適應那裡的口味。」

「好，那就敬請期待。」小石闔起了筆記本。

當窪山和小石走回店裡時，流拿起遙控器，關掉電視。

「全都問清楚了嗎？」

「雖然我很想說完全沒問題。」小石聽了流的問題，很沒有自信地小聲回答。

「說起來應該算是高難度的案子，拜託你不要讓這個案子懸而不決了。」窪山拍了拍流的肩膀。

「因為這可是關係到叔叔的第二人生。」小石也給流施壓，似乎在落井下石，然後拍了一下流的後背。

「我會全力以赴。」流皺著眉頭，鞠了一躬說。

「可以幫我結帳嗎？」窪山穿上風衣，拿出了皮夾。

「開什麼玩笑，你之前的奠儀那麼大手筆，我都沒機會回禮，至少讓我請你吃頓飯。」

「原來你發現了，我還特地塞在香爐下面。」

「任何可疑的行為都別想逃過我的火眼金睛。」

兩人相視而笑。

「叔叔，關於你下次來這裡的時間，下下週的今天方便嗎？」小石問窪山。

「兩週後嗎？那天是我休假的日子，太好了。」窪山舔了舔鉛筆，在翻開的記事本上做了記號。

「你這個動作，讓我想起以前訪查的時候。」流睇起了眼睛。

「多年的習慣很難改。」窪山把記事本放進內側口袋，走出門外，就看到一隻虎斑貓逃走了。

「瞌睡，怎麼了？叔叔可不是壞人。」

「你養的貓嗎？我剛才沒看到牠。」

「牠五年前就在這裡落腳了，整天都在打瞌睡，所以就幫牠取了『瞌睡』這個名字，牠超可憐，因為爸爸一直欺負牠。」

「我哪有欺負牠？我只是說，我們是做吃的，不能讓貓進來。」流吹著口哨，躺在馬路對面的瞌睡也完全不理他。

「那就拜託了。」窪山說完，朝向西邊邁開了步伐。

「這次也是難題嗎？」流目送窪山遠去的背影，回過頭看著站在身旁的小石問。

「倒也不能說很難，因為窪山叔叔知道是什麼樣的料理，只是無法重現那一味。」小石打開了拉門。

「是什麼料理？」流走回店內，坐在椅子上。

「鍋燒烏龍麵。」小石在對面的椅子上坐了下來。

「是哪家店的鍋燒烏龍麵嗎？」

「是他去世的太太做的。」小石翻開了筆記本。

「那絕對是難題，千惠子姐是料理高手，更何況還有回憶這種調味料發揮了作用。」流翻著筆記本。

「無論怎麼想，不就是普通的鍋燒烏龍麵嗎？但是叔叔說，就是做不出相同的味道。」

「千惠子姐是道道地地的京都人，我大致瞭解她的調味方式，他們住在寺町……。」流抱著雙臂思考著。

「你和叔叔的前妻很熟嗎？」

「何止很熟而已，我吃過好幾次她親手做的料理。」

「那就很簡單啊。」

「問題是我不記得曾經吃過她煮的鍋燒烏龍麵。」流仔細看著筆記本上寫的內容。

「他再婚的對象，是比他小一輪的女生，你是不是很羨慕？」

「別說傻話了，我說過很多次，這輩子只愛妳媽一個人。對了，那個叫奈美的女人是上州（譯註：日本飛鳥時代至平安時代，群馬縣一帶是「上野國」，所以就稱為「上州」）人吧？」流抬起頭問。

「叔叔說她娘家在高崎，所以應該是吧。」

「高崎喔。」流側著頭思考。

「突然很想吃鍋燒烏龍麵，今天晚上就來吃？」

「才不是今天晚上而已，接下來這段日子，每天晚上都得吃鍋燒烏龍麵。」流在說話時，雙眼仍然盯著筆記本。

✿

很多京都人都說，立春前一天的節分過後，是一年最寒冷的時期。窪山在向晚時分沿著正面通往東走，充分體會到這句話的意思。

不知道哪裡傳來了賣豆腐的喇叭聲，背著書包、匆匆走在回家路上的小學生從他身邊經過，讓他陷入了時光倒轉的錯覺。當他站在「鴨川食堂」門前時，地上留下了又長又斜的影子。

虎斑貓瞌睡不知道是否已經認得他了，在他的腳邊磨蹭。

「流是不是又欺負你了？」窪山蹲了下來，摸著瞌睡的腦袋，瞌睡叫了一聲。

「叔叔這麼早就來了啊，趕快進來吧，外面很冷。」小石打開拉門，縮起了身體說。

「如果不讓牠進來，牠會感冒。」

「貓不會感冒，而且萬一被爸爸看到，會被他罵死。」

「小石，不可以讓瞌睡進來喔。」流在廚房大聲說道。

「你看吧。」小石向窪山使了一個眼色。

「你們每年都父女兩人一起完成嗎？」窪山脫下風衣時小聲問道。

「父女兩人？你是說哪件事？」小石端茶給窪山時問。

「你們剛才不是撒了豆子嗎？流說著『鬼出去，福進來』，然後撒豆子，妳跟在後面說『沒錯，沒錯』，你們至今仍然遵守京都的傳統。」

「你怎麼知道？」小石驚訝不已。

「因為我看到豆子就卡在門檻的縫隙裡。」窪山露出銳利的眼神看著地面。

「你還是改不掉以前的習慣。」身穿白色廚師服的流從廚房探出頭。

「我來得太早了嗎？因為我等不及了，上了年紀之後，就越來越沉不住氣，真是不行啊。」

「不好意思，因為我提出了無理的要求，叫你不要吃午餐。」流站在吧檯內鞠躬道歉。

「我可是有遵守你的叮嚀，今天只有早上在咖啡店吃了和平時一樣的早餐而已。」窪山一口氣喝完了杯子裡的茶充飢。

「再給我十分鐘。」流對他說。

「叔叔，你和奈美的感情還順利嗎？」小石在整理餐桌時問。

她在餐桌上放了藍染的餐墊，把杉木筷放在柊樹樹葉造型的筷架上。唐津燒的單耳碗放在中央，青瓷大湯匙放在餐墊的右側角落。

「她上週離職了，現在已經回到高崎，老闆覺得很惋惜。」窪山從書報架上拿起晚報。

「所以你目前每天都外食嗎？」

「午餐和晚餐都是吃便利商店的便當，不然就外食，真的吃膩了。」

窪山放下攤開的報紙，笑了笑說。

「再稍微忍耐一陣子，等你去了高崎，人生就變彩色了。」小石雙眼發亮地說。

「我都這把年紀了，還有老丈人同住，才沒有妳想的那麼美好。」

「有苦就有樂，人生本來就是苦樂參半。」流把草編鍋墊放在餐墊的左上方。

「終於要上場了嗎？」窪山摺起報紙，重新在椅子上坐好。

「你可以繼續看報紙，就和你以前在家吃烏龍麵的時候一樣。」流說完這句話，轉身走了進去。

「你怎麼會知道？」窪山眨著眼感到驚訝。

「因為我也改不掉以前的習慣。」流轉過頭，輕輕笑了起來。

「我好像看過類似的電影情節，就是曾經是搭檔的老刑警相隔多年後再度重逢。」小石輪流看著他們兩個人說。

「老這個字是多餘的。」窪山咂著嘴。

「小石，妳來一下。」流走進廚房後招了招手。

「好像要由我去收尾。」

「那就拜託妳了。」窪山對著小石的背影說。

小石走進廚房後，流不知道對她說了什麼。窪山按照流剛才的建議，攤開報紙，心不在焉地看了起來。不一會兒，就聞到香噴噴的高湯香氣，他忍不住吸著鼻子用力嗅聞。

「雖然時間不一樣，但我想差不多就是這種感覺。」流在窪山對面坐了下來，拿起遙控器操作著。

神龕旁的電視正在播放傍晚的新聞節目。

「下班後回到家，累得連換衣服都覺得麻煩，只脫下外套，鬆開領帶，坐在矮桌前。攤開報紙，打開電視，廚房就飄出了高湯的香氣。」流說到這裡，閉上眼睛，仰頭面對天花板。

「那個時候，我們家也一樣。回到家時，已經累得像狗一樣，什麼都不想做，也不想說話，肚子又餓，於是就對掬子大吼：『快點開飯啦。』」流嘆了一口氣。

「千惠子每次都數落我：『既然沒在看電視，那就關掉啊。』」窪山接著說。

「於是就反駁說：『看電視也是工作的一部分。』」

「看來每個刑警的家庭都一樣。」流和窪山繼續唱雙簧。

「差不多可以加蛋了嗎？」廚房傳來小石的聲音。

「在加蛋之前，先把調味罐裡的東西放進去。」流對著廚房說。

「全部加進去嗎？」

「全部加進去，均勻地撒上去，再用湯勺充分攪拌，然後把火開大。煮沸之後，就把雞蛋打進去，關火，立刻蓋上鍋蓋，但是不能完全蓋上，必須留一條縫。」流向小石發出了指示。

「煮鍋燒烏龍麵時，火候的掌握很重要。我經常在麵端上桌之後，仍然埋頭看報紙，結果就會挨千惠子的罵。」

「她是不是會說『再不趕快吃，麵都要糊掉了』？」流很有默契地接著說。

「完成了。」小石雙手戴著隔熱手套，端著熱騰騰的土鍋送了上來。

「怎麼樣？是不是和記憶中的味道一樣？」

窪山聽到流這麼說，立刻把鼻子湊近土鍋，差點被熱氣燙到。

「奈美的鍋燒烏龍麵就沒有這種味道。」窪山側著頭納悶。

「請慢用。」流站了起來，和小石一起走回廚房。

窪山合起雙手後，打開了土鍋的蓋子，滿滿的熱氣頓時撲面而來。他拿起青瓷湯匙，先喝了一口湯，然後用力點了點頭。接著用筷子夾起了烏龍麵，發出呼嚕呼嚕的聲音吸進嘴裡，但麵太燙，他被嗆到了。他從鍋底夾了蔥，和烏龍麵一起放進嘴裡。他咬著雞肉，又咬了一口魚板，每吃一口，他就不停地點頭。

前一刻還冷到骨子裡的身體一下子暖和起來，額頭微微滲著汗。他從上衣口袋拿出手帕，擦了擦額頭。

接著，他又夾起了差點忘了吃的炸蝦，用筷子夾成兩半後，先把蝦頭放進嘴裡。

「尾巴的部分要沾滿蛋汁一起吃。關鍵就是這顆蛋，要什麼時候戳破蛋黃，邊吃邊思考這個問題，就是吃這碗鍋燒烏龍麵的精髓。」窪山面帶笑容，自言自語著。

「怎麼樣？」流站在窪山身旁，小心翼翼地問。

「太不可思議了，和我記憶中的味道一模一樣。我之前告訴奈美的，明明都一樣。」窪山在說話時，仍然沒有停下筷子。

「食物的味道，會受到心情很大的影響。我想你在吃奈美為你做的料理時應該很緊張。」流露出溫柔的眼神看著窪山。

「的確繃緊了神經。」窪山又用手帕擦著汗。

「也許味道稍微有點差異，但是在心情放鬆的狀態下吃，就會發現你以前吃的和奈美做的鍋燒烏龍麵並沒有太大的差別。」流在窪山對面坐了下來。

「不，味道真的完全不一樣，你到底使用了什麼魔法？」窪山不服氣地說。

「我希望你說是推理。」

「你至今仍然不改偵訊時的習慣。」窪山笑著繼續吃烏龍麵。

「首先是湯頭，正確地說，要從瞭解千惠子姐去哪裡買菜開始著手。我去了你們住的十念寺一帶，雖然你向來很少和鄰居打交道，但是千惠子姐似乎和左鄰右舍都很熟，所以我向鄰居打聽之後，他們都記得千惠子姐，還有人會和她一起去買菜。她去買菜的地方就是『桝方商店街』，那不是在出町嗎？」流攤開了地圖，用筆指著那裡。

「這是大家為了買豆糕，門口經常大排長龍的麻糬店。」窪山拿著筷子，轉頭看著地圖。

「這家店的店名是『出町雙葉』，從旁邊那條路走進去，就是『桝方商店街』。那裡和錦市場不一樣，是只有當地人會去的商店街。千惠子姐大都是在這裡買菜，因為商店街上幾乎應有盡有。千惠子姐買菜都有固定的商家，像是買昆布或柴魚片這些熬煮高湯用的食材時，就會去這家『藤屋』，買雞肉都去『雞扇』，蔬菜都在『好康』購買。附近的太太至今都堅持在那條商店街上買菜，完全沒有二心。」流拿出了商店街的簡介。

「即使是相同的食材，在不同的店買，會有這麼大的差別嗎？」窪山咬著雞肉問。

「即使每一樣食材沒有太大差別，但是放在一起煮出來的東西，就會有很大的不同。千惠子姐告訴鄰居太太，熬高湯的昆布用了在『藤屋』買的松前產一等昆布，柴魚片則是惣田柴魚和鯖魚乾的混合魚片，再加上鰮仔的小魚乾，一起熬煮高湯。」

「烏龍麵的湯頭這麼費工夫嗎？奈美都用現成的高湯粉，難怪味道完全不一樣。」窪山用筷子夾起了香菇。

「不光是湯頭而已，你現在吃的香菇也一樣。千惠子姐會先把新鮮的香菇放在陽光下曬乾，然後再用水泡軟，滷成鹹中帶甜的味道，所以你在咬下去的時候，美味就會一下子滲出來。」

「原來那是在曬香菇啊，沒想到這麼花工夫。奈美的確只有用新鮮的香菇滷一下而已。」窪山深有感慨地品嘗著香菇。

「但是，如果每次都要自己動手擀麵，或是當場炸蝦，你個性這麼急，一定會等不及，所以，烏龍麵和炸蝦都是在『花鈴』這家小店買的。你剛才吃的時候，是不是覺得味道一樣？我問了那家店老闆，老闆告訴我，無論是烏龍麵的配方，還是炸蝦的做法，都和上一代老闆完全一樣。」

「她的確會在買菜前嘀咕柄什麼、藤什麼，還有鈴什麼之類的話。」

「我猜想千惠子姐都事先把昆布和切成長段的九條蔥鋪在土鍋的鍋

底，把高湯倒進去做好準備。當你回到家，坐在矮桌前時，她才點火。在高湯煮沸之後放雞肉，雞肉煮熟後，把烏龍麵的麵糰撥散放進去。最後再把魚板、烤麥麩、香菇和炸蝦放上去，打一個蛋就完成了。」流說明了製作步驟。

「我得記下來。」窪山準備拿出記事本，流制止了他。

「我會把食譜寫下來交給你。」

「我要拿給奈美看。」

「我把話說在前面，奈美沒辦法熬出同樣的湯頭。」

「為什麼？只要向那家店訂購，請他們宅配就搞定了。即使價格貴一點也沒關係，奈美廚藝很好，一定能夠輕鬆駕馭這些食材。」窪山一臉不服氣地說。

「因為兩地水質不一樣。京都是軟水，但關東地區的水硬度比較高，所以會影響昆布的鮮味。雖然也可以從京都訂水過去，問題是新鮮度就不一樣了。」

「這樣啊，原來水也不一樣。」窪山垂頭喪氣地說。

「我們來做一個有趣的實驗。」流站了起來，從冰箱裡拿出兩個裝了水的杯子放在窪山面前。

「你喝看看，然後比較一下。」

「A和B嗎？原來你想要考我。」窪山輪流看著兩個貼了標籤的杯子後，拿起來喝了一口。

「哪一杯比較好喝？」

「雖然兩杯都是水，但是A比較好喝，感覺口感更溫潤。」窪山拿起貼了A標籤的杯子。

「A是『桝方商店街』附近的豆腐店使用的井水，B是你的故鄉御影的釀酒廠使用的宮水（譯註：兵庫縣西宮市的西宮神社一帶的泉水，江戶時代後期開始，認為是適合釀造日本酒的水），你現在已經習慣喝京都的水了。有一句話叫作『水土不服』，生活在一個地方，就必須適應當地的水。因為水質無法改變，所以只能根據當地的水質做料理。秀哥，等你去了高崎之後，就要努力適應那裡的水質。」流不假辭色地說。

「我知道，但是去高崎之前，能夠吃到這碗鍋燒烏龍麵真是太棒了，我要好好品嘗。」窪山小心翼翼地用湯匙舀起碗裡的湯。

「冬天的時候，你三天兩頭都會吃吧？」

「千惠子知道這是我最愛吃的，天氣冷的時候很快就可以做好，而且又好吃。」

「無論是千惠子姐還是掬子，都因為我們那種夜以繼日的工作，過著不分晝夜的生活。我經常臨時回家，嚷嚷著要馬上吃飯，現在回想起來真的很離譜。」流低頭看著桌子。

「叔叔很快就要邁向第二人生，不要說這種感傷的事。」小石的淚水在眼眶中打轉，打斷了他們。

「好苦啊。」窪山從嘴裡拿出一小片黃色的東西。

「這是柚子皮，應該是為了增添香氣。」流說。

「原來是這樣，難怪我記得有苦味。」窪山打量著柚子皮。

「通常都會放在上面，但如果是這樣，你一定會馬上丟掉，所以千惠子姐就把柚子皮藏在鍋底。如果你說『很苦』，千惠子姐就知道你把湯都喝完了。」

「你的推理太精彩了，而且實地調查工作也無懈可擊，果然和我記憶中的鍋燒烏龍麵完全一樣。」窪山放下湯匙，合起雙手。

「真是太好了。」

「叔叔，你現在可以心無罣礙地去高崎了。」

窪山聽了小石的話，默默點了點頭。

「請問偵探費是多少？」窪山拿出皮夾。

「費用由客人決定，請將符合自己心意的金額匯入這個帳戶。」小石遞給他一張便條紙。

「我一定會充分表達我的心意。」窪山穿上風衣。

「請多保重身體。」流打開拉門，把他送到門外。

「我每年都會回來掃墓幾次，到時候再來看你們，千萬別忘了請我吃好料。」窪山走出去時，瞌睡跑來他的腳邊。
「叔叔，你要和奈美永浴愛河喔。」小石把瞌睡抱起來說。
「你知道上州的名產是什麼嗎？」流問窪山。
「乾冷的北風和妻管嚴。」
「既然你知道，那就沒問題了。」流笑了起來。
「叔叔，小心別感冒了。」
「妳要趕快出嫁，不然妳爸也沒辦法續弦了。」
「不需要提醒，我也會把自己嫁出去。」小石嘟起了嘴。
「流，我有一個疑問。」窪山準備離去時，又轉頭看著流問。
「什麼疑問？」
「雖然你重現了我記憶中的味道，也很美味，但是，我覺得口味好像有點鹹。」
「應該是你的心理作用，我想今天的湯頭，應該和千惠子姐的一模一樣。」流語氣堅定地說。

「是嗎？原來是我的心理作用。謝謝了，我會把這個味道牢記在嘴裡。」窪山指著嘴巴說。

「保重身體。」窪山沿著漸漸被暮色籠罩的正面通往西走，小石對著他的背影說。

「祝你們白頭偕老。」

窪山轉過頭時，流深深鞠了一躬。

「叔叔很滿意，真是太好了。」回到店內，小石開始收拾。

「他這個年紀還要去陌生的地方生活，而且還要和岳父住在一起，我覺得會很辛苦。」流脫下白色廚師服，放在椅子上說。

「沒關係啊，反正他有甜蜜的新婚生活。」

「這就很難說了，反正我是不需要，我這輩子有搦子就夠了。」

「爸爸，你忘了把食譜交給他。他應該還沒走遠，我去拿給他。」

「他不能一直留戀京都的一切，必須忘記千惠子姐的料理，去了那裡之後，就要好好品嘗奈美為他做的料理。」
「但是，窪山叔叔可能會回來拿。」
「秀哥是聰明人。」
「希望是這樣。」
「我們差不多該吃晚餐了，肚子餓了。」
「今晚也要吃鍋燒烏龍麵吧？」
「不是，今晚是烏龍麵火鍋。」
「不是差不多嗎？」
「剛才阿浩打電話給我，說買到了很棒的明石鯛魚，等一下會帶來，說要煮鯛魚火鍋。」
「真的嗎！煮鯛魚火鍋時，最後才加烏龍麵吧。對了，我想起來了，剛才你最後要我加的是什麼？就是放在調味罐裡的。」
「那是高湯粉，因為要讓秀哥適應這種味道，才能為之後去那裡做好準備。」

「難怪他說有點鹹。」

「只要讓秀哥覺得這就是千惠子姐的味道，去了那裡之後，即使覺得有點鹹，也不會有意見，會覺得是一樣的味道。」

「既然這樣，一開始加不就好了嗎？」

「高湯的味道這麼重，等一下煮鯛魚火鍋怎麼會好吃呢？」

「爸爸太厲害了。」小石拍著流的後背。

「下雪了。」流看向窗外。

「真的欸，下雪了欸。」

「今晚要喝賞雪酒。」

「我之前買了超應景的酒。」小石從冰箱裡拿出了酒瓶。

「這不是『雪中梅』嗎？微微的甜味太適合鯛魚火鍋了。掬子應該也會喜歡這瓶酒。」流露出溫柔的眼神，看向佛壇。

第二道　燉牛肉

ビーフシチュー

東本願寺門前那棵銀杏樹，葉子已經全都掉光了。

也許是因為進入俗稱為「師走」的十二月的關係，在僧侶四處奔走的這個季節，兩名身穿華麗和服的老婦人走在街上，自然會吸引眾人的目光。一名店員抱著一個大紙箱，從正面通上的僧服店走出來，忍不住好奇地看著她們。

兩名老婦人邁著和身上的和服很不相襯的急促步伐走在路上，最後在一棟看起來像是歇業商家的房子前停下了腳步。

「專門為人尋找『記憶中的那一味』的偵探，就在這家店嗎？」披著淡紫色和服斗篷的灘家信子驚訝地張著嘴問。

「這家店雖然沒有掛招牌，但就是『鴨川食堂』。」來栖妙拉開了鋁製拉門，信子不甘不願地跟著她走了進去。

「歡迎光臨，妙姨，妳遲遲沒現身，我還在擔心妳呢。」鴨川小石今天身穿黑色長褲套裝，繫著白色圍裙，笑著向妙打招呼。

「因為我們剛才先去了東本願寺，總不能過門而不入啊。」妙拿下了紅棕色的披肩，掛在椅背上。

「外面很冷吧？」鴨川流從廚房探出頭問道。

「流老闆，我來向你介紹一下。她是我以前讀女校時的好朋友灘家信子。」妙推了一下信子的後背，信子不慌不忙地鞠了一躬。

「我是鴨川流，她是我的女兒小石。」流從廚房走了出來，用圍裙擦著手，向信子鞠躬打招呼。

「妳們竟然可以找到這裡。」小石看了看信子，又看向妙的臉。

「我一定要趁這個機會說一句話，你們不要再登那種敷衍了事的廣告了。信子給我看了《料理春秋》的雜誌，因為我剛好知道鴨川這個名字，才知道就是這家店，普通人應該不可能看了那則廣告，就有辦法找到這裡吧？」妙加強了語氣說。

「但是，妳們還是來到這裡，這不就是所謂的緣分嗎？我想要好好珍惜靠《料理春秋》上的那一行廣告牽起的緣分。」流抿起了嘴唇。

「沒關係啦，反正我們順利找到這裡了。」信子解圍說。

「妙姐，妳的朋友和妳不一樣，很溫文儒雅。」

「你說話也太過分了。」妙氣鼓鼓地說。

「雖然我們兩個人的性格完全不一樣，但從以前就很合得來。」信子轉頭看著妙的側臉。

「請問兩位要喝什麼？」小石問。

「今天外面很冷，那就給我們溫一盅酒。」

「大白天就喝酒嗎？今天就別喝了。」信子規勸道。

「阿信，妳怎麼了？不舒服嗎？」

「我沒有不舒服，只是今天不太想喝。」信子低頭看著桌子。

「這是妳要求我準備的，雖然比不上中式的點心，但是剛好可以墊一下肚子。」流把松花堂便當（譯註：裝在分成四小格的正方形便當盒內，四小格內分別裝生魚片、燉菜等不同的菜色）放在妙的面前。

「不好意思，給你添麻煩了。」妙微微起身，鞠了一躬。

「爸爸煩惱了很久。他說妙姨要帶好朋友來這裡，絕對不能讓妳臉上無光。」小石向妙咬耳朵說。

「妳不必多嘴。」流把另一個便當放在信子的面前，皺著眉頭，看向小石。

「這個便當盒……。」信子看著眼前的黑色漆器便當盒，不禁瞪大了眼睛。

「是輪島。」

「光是便當盒就這麼考究，阿信，妳就知道這家店不同凡響了吧。」妙得意地挺起胸膛。

「不是只有容器考究而已，裡面的菜色……。」信子打開便當盒的蓋子，雙眼都亮了起來。

「好美的便當。」妙的目光被便當中的每一道料理吸引。

「我來為兩位說明一下松花堂便當的內容。十字隔板的右上方是開胃菜，有點像是懷食料理中的八寸料理，我在裡面放了好幾種菜餚，但都只有一小口。右下方是烤物，今天是照燒鰤魚。左上方是生魚片和醋漬菜，分別是明石鯛魚，紅色的是紀州鮪魚，唐津的鮑魚稍微煮了一下。宮島的星鰻炙燒了一下，然後和小黃瓜、蘘荷一起用醋漬的方式調味。左下方則是松茸飯，信州產的松茸，香氣十足。等一下還有清湯，兩位請慢用。」流向她們鞠了一躬後，轉身離開了。

「開動了。」妙合起雙手後，拿起了筷子。

「真好吃。」已經開吃的信子吃著鯛魚說。

「生魚片也很棒，但這道八寸料理更美妙。有梭魚棒壽司，還有高湯蛋捲，這個肉丸是不是鵪鶉肉？這道櫻煮章魚，真的是入口即化。」妙一臉陶醉的表情享受著菜餚。

「自從幾年前，在茶道會時吃了『辻富』的便當之後，就再也沒有吃過這麼出色的料理了。」信子也夾起了章魚。

「對啊，那次的便當真的太好吃了，但今天的便當也毫不遜色。松茸的香氣太逼人了。」妙吃了一口松茸飯，閉上了眼睛。

「妳們的稱讚會不會太誇張？」小石為她們的茶杯倒水時，瞥了廚房一眼。

「對了對了，阿信，這位老闆的女兒才是偵探事務所的所長。小石，等一下再請妳聽她說明情況。」妙放下筷子，一本正經地說。

「我只是負責聽取說明情況，實際尋找『那一味』的人是我爸爸。」小石靦腆地說。

「讓兩位久等了。」流把碗放在便當盒旁。

「這是什麼？」妙打開漆器木碗根來碗的蓋子問。

「馬頭魚和蟹肉清湯。因為天氣變冷了，所以我加了蘿蔔泥後勾芡。請兩位趁熱享用。」流把托盤夾在腋下後回答。

「香橙的香氣太好聞了。」信子把臉湊到木碗前。

「西山那裡有個名為水尾的地方，就是那裡產的香橙，香氣特別出色。來，兩位請慢用。」

「有點像蕪菁泥蒸魚，熱熱的真好吃。」妙拿起木碗，對小石說。

「口感是不是很溫潤？我們家都用這個來煮火鍋。做這道雪見鍋時，把稍微炙燒一下的馬頭魚和螃蟹放在鍋底加入高湯後，再加大量蕪菁泥，用香橙和七味辣椒粉當調味料，吃了之後整個身體都暖和起來。」小石興致勃勃地說，好像口水都快流出來了。

「來，我們趕快吃。」妙對信子說，似乎想要暫時結束話題。

「等一下也為兩位準備了飯後甜點，啊不對，我是說水果。請兩位慢用。」小石聳了聳肩說。

「對啊，我才想說日本料理哪有什麼甜點，這又不是法國料理。」妙有點不滿地說。

「阿妙，妳還是和以前一樣。經常在意一些很奇怪的事，我覺得這種事根本無關緊要。」信子把木碗放在桌上。

「怎麼會無關緊要？語言會破壞文化，因為大家都若無其事地通稱為甜點，所以也影響了和菓子的格調。」妙把鰤魚連同魚皮一起放進嘴裡，信子也吃了一口鰤魚。

「阿妙，我們有多少年沒有像這樣好好一起吃頓飯了？」

「三個月前，不是才在橫濱的『埜田岩』吃鰻魚嗎？那次我們喝了很多酒。」妙放下筷子，喝了一口茶。

「我完全忘了這件事，這半年來，我過得渾渾噩噩。」

「是因為那道料理，讓妳這段日子過得渾渾噩噩嗎？」

「半年前，我突然想到了這件事。」信子吃完後，把便當盒的蓋子蓋了回去。

「要不要喝抹茶？」小石送水果上來時問妙。

「今天先不用，因為阿信應該很著急。」

信子聽到妙這麼說，輕輕點了點頭。

「啊喲，這不是代白柿嗎？我以為今年的產季已經結束了。」

「代白柿？」信子拿起湯匙，歪著頭感到納悶。

「關東很少看到吧？」妙用湯匙不停地吃了起來。

「這個盤子太美了，巴卡拉的水晶盤子把柿子的顏色襯托得真美。」

「這可不是普通的巴卡拉水晶盤子，是春海巴卡拉，即使是高級日本餐廳也很少看到，這家店竟然有這種珍品。」

小石聽了妙的話，笑了笑說：「這可是我爸的心頭肉，而且好像還有不少。之前我媽經常罵他：『老是不惜分期付款買這些東西。』」小石吐了吐舌頭。

「小石，妳少在那裡廢話，趕快去準備。」流從廚房探出頭說。

「好，好，我知道。」小石聳了聳肩，拿下了白色圍裙說：「那我就去裡面等妳們。」

「我這個女兒口無遮攔，真是拿她沒輒。」流走出廚房，看著小石的背影說。

「她還是這麼聰明可愛。」妙用略帶挖苦的語氣說。

「不知道今天的料理合妳的口味嗎？」流在收便當盒時問信子。

「太好吃了。我剛才在吃的時候就很感動，覺得不愧是阿妙經常光顧的店。」

妙聽到信子這麼說，噗嗤一聲笑了起來。

「要帶她進去了嗎？」流看了一眼掛鐘問道。

信子看著妙的側臉。

「那就請妳在這裡等她一下。」

信子聽了流對妙說的話，慢吞吞地站了起來。

流在前面帶路，信子和他拉開幾步的距離，跟在他身後。

「妳不想進去嗎？」流停下腳步，轉頭問信子。

「我突然感到有點害怕。」信子低頭看著地上。

「既然都已經來了，要不要進去聊一聊？」流將視線從信子身上移開後，又繼續邁開步伐。

信子看著貼滿牆壁的照片，緩緩走著。

「這些是我至今為止做過的料理，都是以前拍的照片。」

「……」其中有一張照片吸引了信子的目光。

「那是叡山電車的平交道，我和內人第一次搭乘時拍的紀念照。」流順著信子的視線看著那張照片，露出了靦腆的笑容。

「我帶客人來了。」

打開門，裡面放了兩張面對面的沙發，小石已經坐在靠近裡側的那張沙發上。

「請進。」

信子戰戰兢兢地走了進去。

「妳不要縮在那麼角落的位置，請妳坐在中間，我不會把妳吃掉。」

小石露出苦笑對信子說。

「因為我很不習慣。」

「沒有人會習慣這種事。可以先請妳在這裡填寫妳的姓名、年齡、生日、地址和電話嗎？」小石把板夾放在茶几上。

信子終於下定了決心，拿起筆俐落地填寫起來。

「妳寫字好漂亮，和妳相比，真是讓人望塵莫及。」

「小石小姐，妳很風趣。」信子把板夾交還給小石。

「請問妳想要尋找的『那一味』是什麼？」小石翻開筆記本問。

「老實說，我有點記不太清楚了，因為那是我在五十多年前吃的，而且只吃過一次。」信子露出不知所措的表情回答。

「妳可以把妳記得的內容告訴我嗎？是肉還是魚，或是蔬菜。」

「我記得是用肉和蔬菜燉出來的料理。」

「是日式還是西式？」

「是西式，我覺得有可能是燉牛肉。」

「妳是在哪裡吃到的？餐廳嗎？」

小石接連發問，信子停頓了一下回答說：「是餐廳、是餐廳，在京都的一家餐廳。」

「京都哪一帶的餐廳呢？」

「我完全不記得了。」

「只要大致的地點就好。」

「我也完全……。」信子低頭看著茶几。

「至少提供一些關於地點的線索。」

「當時在吃那道料理時，我受到很大的衝擊，完全不記得前後發生的事了。當我回過神時，發現已經回到叔叔家裡了……。」

「妳叔叔家在哪裡？」

「在一個叫北濱的地方。」

「不是京都嗎？」原本低頭寫筆記的小石抬頭看著信子。

「對，是在大阪。」

「但妳是在京都的餐廳吃了那道可能是燉牛肉的料理……。如果妳不介意，可以請妳稍微說明一下當時受到衝擊的狀況嗎？」小石抬眼看著信子。

「昭和三十二年（譯註：一九五七年），也就是五十五年前，我在橫濱就讀一所女子大學，我就是在那裡和阿妙成為好朋友。我們當時讀的是日本古典文學，像是《源氏物語》、《方丈記》，還有《平家物語》。我讀書很認真，簡直廢寢忘食。那時我看到了一篇由京都大學的一名和我研究相同領域的學生寫的論文，因為對論文產生很大的共鳴，於是我就寫信給對方。在互通了幾封信後，選在京都第一次見面。那時候，我去叔叔家住了一個星期左右。」信子似乎覺得口渴，一口氣喝完了茶杯裡的茶。

「那一次是你們第一次見面，也是妳的第一次約會嗎？」小石瞪大眼睛問。

「現在的年輕人可能會認為那是約會，但當時我只覺得是針對日本文學交換意見的良好機會。」

「你們一定聊得很投機。」

「那當然，尤其我們討論《方丈記》時很熱烈，正確地說，全都是他在和我分享。」信子雙眼發亮，小石迅速做著筆記。

「不光是談話內容，對方那個男生也很吸引妳吧？」小石在做筆記時發問，信子紅了臉頰，簡直就像少女般羞澀。

「哪有……。」

「這樣聽起來，不像是會讓妳受到重大衝擊的事。」小石感到不解。

「我們當時那個年代，並不像現在這麼自由。我們聊了很久之後，他邀我一起吃晚餐時，我也猶豫了很久。因為我覺得第一次見面就一起吃飯太不檢點了。」

「幸好我沒有生在那個時代。」小石脫口說出了內心的想法，慌忙摀住了嘴。

「光是答應和他一起吃晚餐，就已經很有壓力，沒想到他在吃飯時，突然提出那樣的要求，我當時腦筋一片空白。」

「他提出想和妳交往嗎？」小石看著信子的臉問。

「如果只是這樣，我不會做出轉身衝出餐廳的失禮行為。」

「他該不會向妳求婚吧？」小石目瞪口呆地問。

信子既沒有否認，但也沒有承認，只是默默低下了頭。

「妳怎麼回答？」小石探出身體問。

「我沒有回答，就衝出了餐廳。」信子低著頭回答。

「那位先生目前在哪裡？」

「那次之後，我就沒再和他聯絡。」

「啊？人家向妳求婚，結果妳完全沒和他聯絡，就這樣過了五十五年嗎？」小石整個人靠在沙發上。

「那妳覺得我當時該怎麼做？」信子終於抬起了頭。

「對不起，這不是重點。妳不是來找我諮商人生，而是來尋找記憶中的『那一味』。言歸正傳，請問是什麼樣的燉牛肉呢？」小石重新坐好，身體往前挪了挪。

「我只吃到一半就離開了，所以幾乎不記得了。」

「不知道昭和三十二年的京都，有多少餐廳賣燉牛肉。」小石在做筆記時自問自答。

「馬鈴薯和胡蘿蔔。」信子用幾乎聽不到的聲音說。

「啊？妳剛才說什麼？」小石可能沒有聽清楚，手上拿著筆，豎起了耳朵。

「廚師在我們點餐之後，才開始削馬鈴薯和胡蘿蔔的皮，接著放進一個大鍋子……。」信子閉著眼睛回答。

「這會讓客人等很久，客人不會生氣嗎？為什麼不事先燉好，然後重新加熱端給客人？」小石歪著頭納悶。

「在料理端上桌前，都一直聞到香噴噴的味道。」信子看著天花板，努力回想當時的情況。

「這樣啊。會不會不是求婚，而是請妳和他交往的意思？」

「我之前也這麼想。不一會兒，料理端了上來，我吃了一口，頓時感到驚訝不已。因為實在太好吃了，我記得那是我第一次吃到那道菜。我爸爸很愛吃肉，我家也會做類似的燉肉，但味道完全不一樣。我記得口感不會很油膩，但味道很醇厚。我吃到一半，他就……。」

「他就向妳求婚嗎？然後妳驚惶失措，衝出了餐廳。請問他叫什麼名字？」小石拿起筆，準備記下那個人的名字。

「他好像姓子元，或是子島，不，又好像是子川。」信子仰頭看著天花板。

「妳連向妳求婚的人的名字都忘了嗎？」小石驚訝地問，信子用力點了點頭。

「我只記得他的姓氏中，有子年的子這個字。因為他自我介紹時說了冷笑話，說他是子年出生的子什麼，我記得他家住在上京區。」

小石迅速記錄著。

「我當時的樣子可能太不尋常了，回到大阪的叔叔家，叔叔和嬸嬸立刻問我發生了什麼事，我就把所有的事都告訴了他們。他們立刻聯絡了我的父母，把所有書信和所有與他相關的東西都丟掉了。我當時應該也告訴自己，要忘記有關他的所有記憶。」

「我覺得最快的解決方法，就是找到那個人……。請妳再多提供一些線索，任何線索都可以，比方說，你們去那家餐廳之前去了哪裡。」小石搖了搖手上的筆兩、三次。

「去那家餐廳之前……。我記得我們走了很多路……，沒錯，我們在森林中散步，那片森林很深、很暗。」

「森林嗎？京都三面環山，周圍有很多森林，光是說在森林散步，無法成為重要線索。」小石在筆記本上記錄了這件事。

「對了，穿越森林後，有一座神社，我們在那裡許了願……。」

「京都的神社周圍，守護神的森林也不計其數。」小石繼續做著筆記。

「很感謝妳漸漸想起了一些事，但是光憑這些線索，恐怕爸爸也會一籌莫展。」小石在做筆記的同時嘆了一口氣。

「很困難嗎？」信子垂頭喪氣地問。

「但是，為什麼隔了這麼多年，妳又突然想吃當時的燉牛肉呢？」

信子聽了小石的問題，又重重地嘆了一口氣後，才娓娓道來。

「我有一個獨生女，今年剛滿四十歲。她一直都單身，因為我丈夫很早就去世了，所以我想這影響了她的婚事。半年前，她的男朋友向她求婚了。」信子眉飛色舞地繼續說了下去。

「她很猶豫，不知道該不該接受，於是就問我：『爸爸當時是怎麼向妳求婚的？』我不知道該怎麼回答。我和先生當初是相親結婚，沒有這樣的機會，所以聽到女兒提到求婚，我就想起……。」

「妳想起了五十五年前的事。」

信子聽了小石的話，用力點了點頭。

「我想起曾經有人向我求婚，但我根本沒有答覆他。當然，已經事隔這麼多年，答不答覆根本不重要。但是我忍不住想要確認，如果那天我繼續留在餐廳吃飯，我的人生會不會和現在不一樣。」

「我瞭解了。敬請期待我爸爸的本領。」小石闔起了筆記本。

「拜託了。」信子鞠了一躬，怯生生地站了起來。

她們沿著走廊回到食堂內，流和妙面對面坐著，不知道在談什麼事。

「妳全都說了嗎？」妙問信子。

「對，她問得很詳細。」信子面無表情地回答。

「有沒有約好下次上門的時間？」流問小石。

「我竟然忘了這麼重要的事。信子女士，我們通常會花兩週的時間找到客人記憶中的『那一味』，然後請客人來品嘗，所以不知道下下週的今天，妳時間方便嗎？」

「那就麻煩妳了。」信子一口答應小石提出的時間。

「我會事先和妳聯絡，通知確切的日期和時間。」小石把板夾和筆記本放在桌上。

「請問怎麼收費？」信子打開了皮包。

「偵探費是事後收，所以妳下次來的時候再付就好了。至於今天的餐費……。」小石看向流。

「妙姐已經付了妳們今天用餐的餐費。」

「啊呀，那怎麼行？我們要各付各的。」信子拿出皮夾，遞給了妙。

「妳上次請我吃了很貴的鰻魚，這次換我請客。」妙很快說服了信子後，站了起來。

「難得有機會和妳好好聊天，太開心了。」流看著妙說。

「我也很高興，我好像說了很多不該說的。」妙斜眼看了信子一眼。

「啊，瞌睡，你不可以進來。」小石打開拉門時，虎斑貓踏在門檻上。

「瞌睡，兩位客人都穿著漂亮的衣服，你不可以靠過來。」流瞪著虎斑貓說。

妙和信子走出食堂，緩緩往西走。

流和小石目送她們遠去，直到她們的身影在轉角處消失。

「爸爸，我認為這次遇到了難題。」小石遞上了筆記本。

「不是這一次而已，而是每次都是難題。」流和小石面對面坐在食堂餐桌旁，翻開了筆記本。

「這次要找的是燉牛肉，但背後有個故事，而且灘家女士的記憶也很破碎。」小石探頭看向流拿著的筆記本，指著上面記錄的內容說。

「燉牛肉嗎？好久沒吃了。還有什麼？森林和神社。點餐之後，廚師才開始削蔬菜皮。生肖是老鼠。大阪的北濱。到底在寫什麼啊？」流對小石說。

「光憑這些線索，有辦法找到嗎？」小石抱起雙臂，歪著頭說。

「妳可不可以再說得更詳細一點？」流雙手托著臉頰，把手肘支在桌子上。

小石把信子剛才說的情況一五一十告訴了流。

流不停地做著筆記，頻頻點頭。

小石看著沉默不語的流。

「要重現這道燉牛肉，並不是太困難的事。」流低頭看著筆記本說。

「真的嗎？」小石瞪大了眼睛。

「這件事本身不是問題……。」流的額頭擠出了一堆皺紋。

「還有什麼問題嗎？」小石好奇地問。

「嗯，先來解決燉牛肉的事。」流顧左右而言他，隨即站了起來。

✿

十二月來到二十日，空氣中瀰漫著緊迫感。在鴨川食堂前來來往往的行人，也都匆忙地加快了腳步。

「我明明和阿妙約好，十二點整在這裡見面。」信子坐在入口附近的餐桌旁，不安地頻頻看向玻璃窗外。

小石在她面前鋪好餐墊，放好了餐具。

「妙姐剛才打電話來，說她準備出門時，臨時有客人上門。」流從廚房探出頭說。

「她可以對客人說，有重要的事趕著出門啊。」信子不滿地說。

「信子女士，關於今天要請妳品嘗的料理……。」流走出廚房，站在信子面前。

信子一臉緊張地等待他的下文。

「我找到了妳想要尋找的『那一味』，我相信錯不了，但是我想要用和五十五年前相同的方式製作，所以可以請妳假設自己走進了這家店，然後剛點完餐嗎？」

「沒問題。」信子一臉嚴肅，緩緩閉上了眼睛，好像在讓時間倒轉。

「爸爸已經告訴我製作方法，所以今天由我來為妳製作。」小石對信子說完後，走去廚房。

流在信子對面坐了下來，開始向她說明：「你們當年用餐的那家餐廳名叫『古田炙味屋』。在一條小巷內，招牌被刺槐樹葉擋住了。一走進餐廳，右側是吧檯座位，妳和那名男子一起坐在吧檯前，那名男子向老闆點餐：『兩份燉牛肉。』老闆就開始慢慢削馬鈴薯和胡蘿蔔皮。現在剛好就是這個瞬間。」流用低沉的聲音緩緩訴說，好像在催眠信子。

「你怎麼知道？」

「不瞞妳說，除了燉牛肉以外，我還調查了妳那一天的行動。」

「那一天……。」信子抬頭看著天花板，眼神飄忽起來。

「五十五年前的冬天，我猜想應該和今天一樣，也是個寒冷的日子。妳和某位男子約好在三條京阪見面。那名男子的目的地是下鴨神社，現在有直達電車可以到出町柳，但在當時沒有電車，所以只能沿著鴨川河堤，一路往北散步去那裡。」流打開了京都市區地圖。

信子探出身體，視線跟著流手指的位置。

「沒錯，我們沿著河岸，走向上游的方向。我們聊得很投機，難以想像是第一次見面……。」信子羞紅了臉。

「這裡就是出町柳，我想你們應該從這裡走上堤防，再進入糺之森。妳說你們在森林裡散步，地點就是這裡。」流的手指指著高野川和賀茂川會合的Y字上方那片綠色。

「我記得不是在市中心，而是更濃密的森林。」信子微微歪著頭。

「糺之森仍然保持了以前的原生林，所以這片森林很濃密。」流打開筆電，把螢幕對著信子。螢幕上出現了神社的紅色鳥居。

「你們在森林散步之後去參拜的神社，就是這個下鴨神社。因為穿越一片濃密森林之後能夠到達的神社，就只有這裡。」

「穿越森林後的神社，應該不是只有這裡而已。」信子表示懷疑。

「既然你們聊到『方丈記』，就應該會去和這部作品有淵源的下鴨神社。還有另一個重點，就是那天和妳在一起的男子。妳記得他的生肖是老鼠，為什麼？」

「你問我為什麼，我也不知道怎麼回答。應該是因為他告訴了我這件事。」信子露出探詢的眼神。

「妳連他的名字都忘記了，卻記得他的生肖。我認為妳不是記住他說的話，而是某個畫面留在妳的腦海中，妳記住了他向鼠神參拜的身影。」

「鼠神？」

「在京都，不，在整個日本也很罕見。在下鴨神社的言社，要根據不同的生肖參拜。這七座言社都是小型祭壇，其中五座言社都是代表兩個生肖，只有老鼠和馬有單獨的言社，所以妳才會記得他的生肖是老鼠。」

「我們踩著碎石子路，經過紅色鳥居，我以為會看到很雄偉的正殿，沒想到有好幾個小祭壇……。」信子回想起當時的情景。

「畫面通常會令人印象更深刻。」

「離開神社之後，我們仍然並肩走在一起。」信子腦海中的記憶逐漸變得鮮明。

流近距離地看著她。

「把醬料放進小鍋子後，先把鍋子拿來這裡。」流轉頭看向廚房，對小石說。

「即將煮好的狀態拿出來就行了吧？」小石舉著冒著熱氣，同時散發香味的單柄鋁鍋走了出來。

「『古田炙味屋』是開放式廚房，妳當時坐在吧檯座位，應該聞到了這個味道。」流把鍋子放在信子面前。

「沒錯，你說對了，就是這個味道。」信子用力吸著鼻子。

「不用十五分鐘，就可以完成了。」流瞥了一眼閉上眼睛的信子，用眼神向小石示意，請她把鍋子拿回廚房。

「我接下來說的內容，是我多管閒事，如果妳感到不舒服，隨時可以叫我停止。」

信子聽了流說的話，猶豫了一下後，靜靜地點了點頭。

「妳上次來這裡，我帶妳去裡面，妳在走廊上陷入了猶豫。通常是因為想要尋找的『那一味』和不願回想起的人有關，才會猶豫不決。」流喝了口茶，又繼續說了下去。

信子仍然低頭看著桌子。

「妳委託我們尋找的燉牛肉，並不是太困難的事。那是一家老饕都知道的餐廳，而且也有很多作家曾經撰文提起過。只要順著你們當天散步的路線，就可以找到。只有一件事讓我很煩惱，我不知道是不是該告訴妳，我找到了那個妳不願回想起的人。」

信子聽到流這麼說，抬起了頭，然後用力點了點頭。

「他名叫子島滋，我問了『古田炙味屋』的老主顧，是否認識以前是京大的學生，姓氏中有『子』這個字的人，那位老主顧記得他。」

「子島滋……。」信子大吃一驚。

過了一會兒，流探頭看著她的臉，她才終於回過神，挺直了身體。

「子島先生當時是京都大學文學院的學生，京都出生，也在京都長大，當時住在上京區真如堂前町，就在京都御所附近。」流看著筆記本的同時，指著地圖說明。

「你為什麼這麼瞭解子島先生的情況？」

「不瞞妳說，這些都是子島先生的女兒告訴我的。」

「他有女兒了？」信子垂頭喪氣地問。

「我可以回顧五十五年前的事嗎？」流喝了一口茶解渴後，又繼說了下去。

「子島先生和妳在昭和三十二年的十二月見了面，在新年之後，就馬上去了英國。」

「去英國？」

「他去英國留學，之後又在倫敦的大學工作了三十五年，最後成為該校的名譽教授。他在去英國的第三年，在那裡結了婚，生了一個女兒。他太太在五年前生病去世了，在他太太去世之後，他也一直在那裡研究日本文學，直到一年前，他去世為止。當年，他一定想帶妳一起去倫敦，但是妳住在橫濱，所以他等不及下一次的機會。」

「但這只是你的想像。」

「不，並不是我的想像。子島先生在日記中詳細記錄了這些事，他女兒很好心地讓我看了他的日記。子島先生從昭和三十年（譯註：一九五五年）開始，就一直維持寫日記的習慣，但是他可能覺得不能讓太太看到，所以把日記都放在大學的研究室保管。子島先生去世之後，他的女兒在整理研究資料時，發現了他寫的日記。」流對著信子露出了柔和的笑容。

「只不過他的日記上並沒有寫燉牛肉的食譜。」流看了一眼掛鐘，轉頭看向廚房。

「當時我很害怕，因為幸福來得太突然，我很害怕。」信子訴說著，好像在對子島傾訴。

「我來晚了。」妙上氣不接下氣地跑了進來。

「妳怎麼這麼晚才來？」信子不滿地嘟著嘴。

「我也剛好完成了，兩位請慢用。」小石從廚房走出來，對她們說。

「因為臨時有客人上門。」妙調整呼吸，整理了衣領。

流把燉牛肉端了上來，放在她們面前。

「這味道好香啊。」妙用力嗅聞著，但是信子一動也不動地看著眼前的燉牛肉。

「請趁熱吃吧。」流催促之後，她們才合起雙手，同時拿起了刀叉。

小石和流從廚房走出來，專注地看著她們享用燉牛肉。

信子把肉放進嘴裡咬了幾口，用力點了點頭說：「沒錯，就是這一個味道。」

「太好了，爸爸，太好了。」小石拍著流的肩膀。

「雖然看起來很清爽，但是吃了之後，就發現味道很醇厚，多蜜醬汁也很道地。」妙微笑著說。

「知名的老饕文豪在提到『古田炙味屋』的燉牛肉時，曾寫下『味道很像法式牛肉鍋』的文字，但我認為這樣的形容不夠精準。也許他想要表達的是這道燉牛肉不是多蜜醬汁那種很深的顏色，而是像淡淡的番茄醬般的顏色，感覺很清爽。事先用高湯把牛肉煮好，然後用波爾多酒迅速加熱，再加入蔬菜，最後加入多蜜醬汁燉煮，就可以做出兩位目前品嘗的味道。如果一開始就把蔬菜和肉放在一起燉煮，蔬菜就會燉爛，味道也會混在一起。用『古田炙味屋』的方式製作，感覺就像是牛肉上淋了多蜜醬汁，放進嘴裡之後，牛肉的鮮美和醬汁的味道才會融合在一起。」流微微挺起了胸膛。

「我剛才試吃了一小口，超好吃的。」小石在流的耳邊小聲說。

「這是爸爸嘔心瀝血製作的，怎麼可能不好吃？」流小聲回答。

信子和妙聊著天，充分享受用餐時光。

流看到她們吃完後，對她們說：「雖然是相同的燉牛肉，但我相信妳們所感受到的味道不一樣。」

「什麼意思？」妙用餐巾擦嘴巴時問。

「因為信子女士和妳不一樣，在這裡等待了三十分鐘。這三十分鐘的時間也會增添滋味，而且回憶這種調味料也發揮了作用。」流露出溫柔的眼神看向信子。

「子島先生目前在哪裡？」信子微微紅著臉問流。

「他長眠在岡崎一家『金戒光明寺』的寺院。如果要向京都人打聽，也許要說是『黑谷寺』，大家才會更熟悉。聽說他在去年十二月去世的那一天，天氣也很冷。」

信子聽了流的回答，用力抿緊了嘴唇。

「我甚至無法為當年的無禮舉動向他道歉。」

「真希望沒有那些陰錯陽差。」小石小聲嘀咕。

「我們差不多該走了。」信子從皮包裡拿出皮夾，似乎想藉此調整自己的心情。

「這裡的費用都是由客人決定，請將符合自己心意的金額匯入這個帳戶。」小石把便條紙交給了信子。

「燉牛肉太好吃了。」妙向流鞠了一躬說。

「合妳的口味，真是太好了。雖然妳可能少了一點調味料。」流對妙露出了笑容。

「謝謝。」一走出食堂，信子向小石和流鞠躬道謝。

「對了，我差點忘了，有東西要交給妳。」流從白色廚師服口袋裡，拿出一枚白色文庫本大小的信封。

「子島先生的女兒要我轉交給妳，裡面有兩方手帕。」流從信封裡拿出兩方手帕，出示在信子面前。

「這是……。」信子發出驚訝的聲音。

「據說是五十五年前，妳衝出那家餐廳時留下的手帕，另一方汕頭手工刺繡手帕，是子島先生想要送妳的禮物。真的很美吧？據說這方手帕名叫『一片月』，是根據唐朝詩人李白《子夜吳歌》這首詩的意境繡的圖案。我查了一下，《子夜吳歌》這首詩的內容，是寫等待遠方心愛的人歸來。他連同妳忘記的那塊手帕，一起寄去妳家裡，但是妳家人拒收。八成是妳不在家的時候，送到了妳家裡。只能說你們有緣無分……。」流把兩方手帕放回信封，交給了信子。

「謝謝。」信子緊握著信封，目不轉睛地看著信封上寄件人的名字，一行淚水從她的臉頰滑落。

「他竟然送了這麼精美的禮物。」妙用手帕擦著眼角。

妙和信子緩緩地離開，小石和流就一直站在店門口，目送她們的背影離去。

回到店裡，流和小石收拾之後，開始準備晚餐。

「爸爸，該不會你的前女友叫小石吧？」一走進客廳，小石立刻瞪著流問。

「別亂說話，我這輩子只愛媽媽一個人。掬子，妳說對不對？」流轉頭對著佛壇露出笑容。

「媽媽，妳千萬別上當。男人的嘴，騙人的鬼，誰知道他們心裡在動什麼歪腦筋。」

「妳整天說這種話，小心一輩子都嫁不出去。」

「我不是嫁不出去，而是不想嫁。十個男人九個壞。」

「廢話少說，趕快準備晚餐，媽媽等不及了，燉牛肉和葡萄酒是掬子的最愛。」

「等、等一下，爸爸，你也太大手筆了，這瓶紅酒不是超貴嗎？」

「妳真識貨。」

「你竟然有錢買這麼貴的紅酒。」

「因為秀哥匯來的錢超乎我的想像。」

「太令人期待了。這瓶酒叫什麼名字？雖然你說了我也不懂。」

「這是木桐酒莊的酒，是媽媽出生那年一九五八年分，這個酒標是達利畫的，雖然很貴，但是比五九年的便宜。其實也沒多貴啦，和妳之前買的電腦差不多。」

「什麼？這瓶酒要十萬圓？」

「沒關係啦，妳媽活著的時候，從來沒有奢侈過。」

「爸爸，你有時候會大手筆花錢。」

「而且，今天是媽媽的祭日，妳該不會忘了這件事？」

「我怎麼可能忘記？媽媽，給妳。」小石解開了花束。

「這是聖誕玫瑰，媽媽生前最愛的花。」小石把花供在佛壇前的小桌子上。

「氣溫下降了。」流看向窗外。

「真希望趕快下今年的初雪，媽媽最愛下雪了。」小石閉上眼睛，對著佛壇合起雙手。

第三道　鯖魚壽司

鯖寿司

岩倉友海在京都車站搭上計程車後，坐在後車座上不停地摸著肚子。在新幹線上和同事一邊開會，一邊吃的便當還沒消化，但他目前正要去一家食堂。岩倉有點後悔，今天沒帶平時經常吃的胃藥。

岩倉在烏丸通下了車，打量周圍後，小心翼翼地拿下了黑框眼鏡，抬頭看著東本願寺前的銀杏樹。

樹上的樹葉都染成了金黃色，京都這個城市總是讓人充分感受平時完全沒有意識到的季節變換。

號誌燈變成了綠燈。他重新戴上眼鏡，微微低頭走過斑馬線。他左顧右盼，打量著正面通。小路上有佛具店和僧服店，還有住商大樓，但正如計程車司機剛才說的，並沒有看到像食堂的店家。

緊跟在計程車後方的一輛黑頭車從他身旁經過，在路旁停了下來，似乎在觀察他。岩倉瞥了一眼，輕輕咂著嘴，快步離去。

「請問這附近有沒有食堂？」一個推著手推車的駝背老婆婆從身旁經過時，岩倉立刻問她。

「食堂就在往南的下一條路上，是不是『第矢食堂』？」老婆婆伸著腰回答。

「不，不是叫這個名字。」

老婆婆聽了岩倉的回答，指了指宅配的車子說：「那你去問那個年輕人，像我這種老太婆搞不太清楚。」

岩倉小跑著，跑向停在馬路對面的貨車。

「不好意思，請問你知道這附近有一家叫『鴨川食堂』的店嗎？」

「『鴨川食堂』？我沒聽說過，地址是在這一帶嗎？」穿著藍色條紋制服的宅配司機一邊整理著載貨台，不停地歪著頭思考。

「對，我聽說在正面通的東洞院往東走就到了。」岩倉摸著鬍子，把便條紙出示在司機面前。

「喔，你是說這裡啊，右邊數來第二間，不是可以看到招牌拆掉的痕跡嗎？」司機抱著大紙箱，下巴指著的方向，有一棟看起來像是歇業商鋪的冷清房子。

岩倉把便條紙塞回口袋，宅配司機對他笑了笑，坐上了貨車。

岩倉緩緩邁步，過了馬路之後，站在那棟房子前。

他看到眼前這棟房子完全不像是商鋪，露出了一絲不知所措的表情，最後下定決心，打開了鋁製拉門。

「歡迎光……。」一個女人轉過頭，但是話說到一半，就愣在那裡。

「請問這裡可以用餐嗎？」

穿著白色衣服的年輕女人緩緩歪著頭，然後探頭看向廚房深處，似乎在徵求廚師的意見。

「只有提供主廚特選餐，如果你不介意的話就沒問題。」廚師從廚房探出頭，對岩倉說。

他的儀容整潔，和這家店的感覺有點格格不入。

「沒問題，但分量少一點。」岩倉露出鬆了一口氣的表情，在四人座的餐桌旁坐了下來。

報紙和週刊雜誌隨意丟在貼皮桌子上，可能客人才剛離開。

他在紅色合成皮革椅面的圓形鐵管椅上坐了下來，打量周圍。店內有四張四人座的桌子，店堂和廚房之間的吧檯有五個座位，入口附近的天花板有個吊架，神龕旁放了一台電視。店內還有兩個客人，一男一女分別坐在餐桌旁和吧檯前，兩個人都背對岩倉。雖然這家店外面看起來很可疑，但裡面卻是很普通的食堂。岩倉翻開報紙。

「小石，可以幫我倒杯茶嗎？」坐在桌子旁的年輕男人對穿著白色衣服的女人說。

「浩哥，不好意思，我沒注意到。」那個叫小石的女人用溫柔的語氣說完，立刻跑到桌子旁，用茶壺往茶杯中加了茶。

岩倉聽到那個客人叫她「小石」，覺得個子嬌小、圓臉的她的確很適合這個名字。岩倉直覺地想到小石頭的「小石」，不知道她名字的漢字是不是這樣寫。

「今天的咖哩比平時辣，幾乎可以算是特辣。流哥更改配方了嗎？」那個叫浩哥的客人拿出白色手帕，擦著額頭的汗水問小石。

「不清楚耶。我爸爸這個人有時很隨性，可能只是覺得今天的心情適合特辣吧。」

剛才的廚師似乎是小石的父親。原來他們父女一起經營這家店。剛才廚師說的主廚特選餐似乎是咖哩。

「這是甜點……，啊，不好意思，這是水果。」小石拿著小托盤，來到吧檯座位旁。

「這才對嘛。吃西餐的話，這就是甜點，如果是日本料理最後一道就是水果。咦？抹茶刷得很棒，我會用心品嘗，妳趕快把這些收掉。」一名身穿和服的老婦人指著放有好幾個碗盤的木製托盤說。

「不用妳提醒，我也會收掉。妳連最後的飯也都吃得這麼乾淨，爸爸一定很高興。」小石收走餐盤，拿著抹布擦吧檯，略帶抱怨地說。

「阿流，今天的菜也很好吃。」坐在吧檯前的老婦人微微站起身，對著廚房說。

「妙姐，謝謝妳，妳覺得好吃最重要。」那個名叫阿流的廚師從廚房探出頭，笑著對老婦人說。

既然老婦人剛才說是日本料理，顯然她剛才吃的並不是特辣咖哩。岩倉從攤開的報紙縫隙中偷瞄了一下，發現那個叫妙姐的女人面前放著抹茶碗和水果。

「我說阿流啊，茶碗蒸裡不需要放松茸。我猜想是丹波產的松茸，香氣太強烈，破壞了茶碗蒸的風味。俗話不是說，過猶不什麼的嗎？使用口味清淡高湯的茶碗蒸，只要有百合、魚板和香菇就夠了。」微微站起身的老婦人語氣堅定地說。

「妙姐的舌頭太靈光了，我以後會更加注意。」流拿下白色廚師帽，苦笑著說。

「和平時一樣嗎？」身穿和服的妙姐拿出皮夾。

「八千圓。」小石一臉鎮定地說。

「謝謝款待。」妙姐拿出一張一萬圓交給小石，沒有拿找零的錢，就走了出去。

她站起來時，發現她比想像中高，挺拔的背影把龍田川圖案的腰帶襯托得特別好看。岩倉看著她的背影出了神。

「不好意思，讓你久等了。」那個叫流的廚師端著鋁製托盤，把料理送到岩倉面前。

「這就是……主廚特選餐嗎？」岩倉看到餐桌上的料理，大吃一驚。

「我們店沒有菜單，第一次來的客人，都只提供主廚特選餐。客人吃了之後，如果覺得滿意，下次光臨的時候，就可以點自己喜歡的料理。請慢用。」流把托盤夾在腋下，微微欠身行禮。

「請問……。」

岩倉叫住了他，流轉過頭問：「有什麼事嗎？」

「這裡是『鴨川食堂』，對吧？」

「嗯，是啊，沒錯。」

「請問鴨川偵探事務所在哪裡？」

「原來你是偵探事務所的客人，你怎麼不早說呢？」

岩倉看到流開始收拾桌上的料理，慌忙制止了他。

「不，我也要吃這份特選餐，只是之後想諮詢一下。」岩倉在說話時，拿起了筷子。

浸煮水菜油豆腐、鯡魚煮茄子、淺漬蕪菁、魩仔魚炒蛋。醋漬鯖魚，芝麻拌芋莖。西京燒的魚是不是白鯧？似乎才剛烤好，還冒著熱氣。味噌湯內加了洋蔥和馬鈴薯。岩倉輕輕合起雙手，左手拿起了清水燒的飯碗吃了起來。

雖然是第一次造訪這家店，但眼前的餐盤有一種讓人懷念的感覺。岩倉完全忘記自己已經吃飽了，筷子最先伸向了魩仔魚炒蛋。

一放進嘴裡，他忍不住閉上了眼睛。微甜的蛋和魩仔魚略微的苦味在嘴裡融合，麻油的香氣也一如往昔。岩倉忍不住探出身體，暫時忘記了餐桌禮儀，筷子在餐盤上移來移去，不知道接下來該吃哪一道菜。

用筷子夾起時，鯡魚肉就碎了，令人欣喜的是這道菜的調味比較重。他吃了一口淺漬蕪菁休息片刻，拿起了味噌湯的碗。岩倉從小就認定，味噌湯裡加馬鈴薯和洋蔥是最佳搭配。這碗味噌湯中，味噌的分量也恰到好處。他情不自禁地吃完了一道又一道的菜餚，一不小心，就把飯碗裡的飯都吃完了。

一旁的小石見狀，噗嗤笑了一聲說：「要不要再來一碗？可以無限量供應。」小石把托盤遞了過來。

「謝謝，雖然我很想再吃，但真的差不多了。」岩倉用手帕擦嘴巴，用手蓋住了飯碗。

他覺得胃快要撐破了，有點後悔剛才吃得太忘我了。

「看起來很合你的胃口，真是太好了。」小石拿著茶壺為他倒茶時說。

「所長，這位是妳的客人。等客人喝完茶，請帶他去裡面。」流走過來收拾時說。

原來小石才是偵探嗎？岩倉有點驚訝。

「原來是這樣啊，你怎麼不早說呢？」小石仔細擦著桌子時說。

不愧是父女，無論措詞和語氣都一模一樣。

「妳可以為我找到『那一味』嗎？」岩倉喝著茶，抬頭看著小石。

「嚴格地說，是我爸爸為客人尋找，我只是窗口，或者說是翻譯。雖然這麼說可能有點失禮，但是想要尋找『那一味』的客人，不是都有點古怪嗎？我爸爸常常聽不懂這些客人說的話，所以就由我理解消化之後……。」個子嬌小的小石彎下腰，把臉湊到坐在椅子上的岩倉旁。

「小石，廢話少說點。」流從廚房探出頭，制止說得口沫橫飛的小石。

「流哥，謝謝款待，咖哩就是要這麼辣才好吃。」剛才一直在滑手機的浩站了起來，對著廚房說。

「感謝感謝，有你美食家阿浩這句話，我真是太高興了。」流露出滿面笑容。

「我說了好幾次，我才不是什麼美食家，只是貪吃鬼。」浩啪地一聲，把五百圓硬幣放在桌子上，打開了鋁製拉門。

「瞌睡，你不可以進來，不然爸爸又會把你踹出去。」小石大聲叫了起來。

剛才躺在門口的虎斑貓在浩哥的腳下嬉戲。

「對啊，瞌睡，你要小心流哥。」浩摸了摸虎斑貓的頭，往東走去。

「浩哥，明天公休，你要去其他地方吃飯。」小石用有點落寞的聲音對著浩的背影說，浩頭也不回地揮了揮手。

只剩下岩倉一個客人後，店內突然安靜下來。

小石快步走去後方。

岩倉的手機在胸前口袋震動，通知收到了訊息。

〈時間只剩下三十分鐘〉

岩倉看著手機螢幕，輕輕嘆了一口氣。

「請跟我一起去裡面。」流走出廚房，向岩倉招手。

「偵探事務所在裡面嗎？」

「並不是偵探事務所這麼正經八百的地方，說起來有點像是百事商談所。這年頭，光靠食堂很難維持生計。」流打開廚房旁的門，沿著細長的走廊往裡走。

走廊兩側的牆上用圖釘貼滿了各種料理的照片。

「這全都是你做的嗎？」

「沒什麼大不了啦，我喜歡吃，也喜歡下廚。」流轉過頭微笑著說。

「這該不會是中式料理中的……。」岩倉手指著貼在右側牆壁中間的照片。

「喔，你是說那個啊，沒錯，就是佛跳牆，因為香味太濃郁了，連正在打坐靜修的和尚也忍不住翻牆來吃的那道菜。」流停下腳步回答。

「但是，這道佛跳牆光是準備食材就很費工夫，不好意思，請問是在這家食堂做的嗎？是為什麼樣的客人做的？」岩倉問。

「我做給我太太吃的。因為據說佛跳牆可以治百病，雖然最後發現並沒有什麼效果，但我太太說了好幾次『很好吃、很好吃』，所以姑且不管能不能治百病，至少味道很不錯。」流露出了落寞的笑容說。

「就是這裡，請進。」走在前面的流打開了門。

岩倉向流鞠了一躬，直直走進了房間。

三坪大的西式房間內有一張茶几，兩側各放了一張沙發。換上黑色西裝套裝的小石坐在裡面那張沙發上，岩倉在她對面坐了下來。

「我是鴨川小石，請多指教。我們就開始吧，先請你在這裡填寫姓名、住址、年齡、生日、電話和職業。」小石再次自我介紹後，把灰色的板夾放在桌上。

「全都要填寫嗎？」岩倉拿著筆，直視著小石的臉。

「別擔心，我會妥善管理個資，而且也會遵守保密的義務，啊，但是如果不方便也沒關係，只要隨便填寫山田太郎之類的名字就好，但電話號碼必須正確無誤。」小石用公事化的語氣說。

岩倉想了一下，接受了小石的提議，填寫了「山田太郎」這個名字，也胡亂填寫了住址，職業欄內填寫了公務員。但是他在年齡欄內填寫了五十八歲這個正確的數字，電話欄內填寫了私人用的手機號碼。

「山田太郎先生，那我們就進入正題。請問你想要尋找哪一味？」小石問。

「我想要尋找鯖魚壽司。」

「什麼樣的鯖魚壽司？比方說，是像京都的名店『伊津卯』那種精巧的鯖魚壽司，或是像『花織』那樣的粗獷路線……。」小石在筆記本上記錄著。

「不，不是那種名店賣的，而是我小時候吃的鯖魚壽司。」岩倉拿下眼鏡，露出了若有所思的眼神。

「山田先生，我們以前在哪裡見過嗎？」小石探出身體，打量著岩倉的臉。

「不，我們今天第一次見面。」岩倉別過臉，慌忙戴上了眼鏡。

「算了，這不重要，請問是什麼樣的回憶呢？」小石寫完筆記的手停了下來。

「因為是將近五十年前的事了，所以某些部分的記憶有點模糊。」岩倉回想著往事娓娓道來。

岩倉的老家，是位在從這裡往北五公里左右的京都御所西側的武者小路町。

「我爸爸一直在東京，記憶中沒有他在家裡的樣子，幾乎都是我、妹妹和媽媽三個人一起吃飯。我們在吃飯的時候都沒有交談，很安靜、很冷清，但鯖魚壽司並不是出現在我家的餐桌上。」岩倉皺起眉頭，露出失落的表情。

「所以在哪裡吃到那種鯖魚壽司？」小石微微降低了音量。

「是在我家附近一家名叫『桑之』的旅館吃的。」

「在旅館吃的嗎？所以是廚師做的。」小石立刻寫了起來。

「這樣說並不正確，雖然是在旅館，但我吃到的並不是旅館餐廳的料理。」岩倉開始訴說回憶中的鯖魚壽司。

「五十年前，你才八歲。不好意思，你那麼小的年紀，就有辦法分辨那並不是旅館餐廳的料理嗎？」小石驚訝地問。

「也許旅館會向客人提供相同的料理，但是，我所吃的鯖魚壽司即使是相同的東西，也並不是商品。」岩倉說完，微微挺起了胸膛。

「我好像聽懂了，又好像沒聽懂。」小石苦笑著說。

「因為那家旅館有一部分是老闆娘住的地方，我經常在那裡的簷廊上玩。下午三點多時，她就會帶點心來給我吃。但並不是甜食，而是烤地瓜、紅豆飯這類可以填飽肚子的點心，在所有點心當中，鯖魚壽司令我印象最深刻。」

「具體是什麼樣的鯖魚壽司？」小石拿著筆側耳傾聽。

「也許這樣的說明有點抽象，說到當年的壽司，我最先想到的是『幸福』這兩個字。具體來說的話，印象最深刻的就是醋飯是黃色的。」

「黃色的醋飯，還有其他的嗎？」小石迅速記錄著。

「我記得那時候的醋飯不會像現在這麼甜，而是更酸，像檸檬一樣酸……。對了對了，旅館的老闆娘好像曾經說，味道的關鍵就是沖繩。」

「沖繩？決定鯖魚壽司味道的關鍵是沖繩嗎？」小石在記錄時，頻頻歪著頭感到納悶。

「畢竟是五十年前的記憶，也有可能是我記錯了。」岩倉看了小石的反應，立刻沒了把握。

「老闆娘可能是沖繩人。」

「這我就不太清楚了，但她經常提到有生命的鳥居，好像那個有生命的鳥居就在老闆娘的老家附近一樣。」岩倉微微仰起下巴，將目光停在天花板上。

「有生命的鳥居。沖繩有這種東西嗎？越來越搞不懂了。」小石在筆記本上畫了想像的圖，用力嘆了一口氣。

「我記得的，差不多就只有這些。」岩倉看了小石畫的圖之後，緩緩靠在沙發上。

「我大致瞭解了，不知道我爸爸能不能靠這些線索找到。」小石翻著剛才記錄的內容，有點不安地側著頭。

「我很期待。」岩倉在沙發上坐直了身體。

「從你剛才說明的內容，恐怕很難找到一模一樣的『那一味』，我們會努力重現當時的鯖魚壽司，然後請你來店裡品嘗，這樣可以嗎？」

岩倉聽了小石的問話，默默點了點頭。

「先要找出那個人，然後再找食材，完成之後，還要研究味道……。嗯，可以給我們兩個星期的時間嗎？兩個星期後，應該可以完成。」小石闔起筆記本後抬起頭。

「兩個星期？我等不了那麼久。可不可以一個星期就搞定？我下週的今天，還會再來這裡。」岩倉看著小石。

「這麼急啊，非要一個星期就完成嗎？」

岩倉腦海中浮現了滿檔的行程表。下週還會再來京都，一旦錯過這個機會，不知道下次什麼時候還能擠出時間。

「非要回答這個問題不可嗎？」戴著眼鏡的岩倉靜靜地睜大了雙眼。

「不，不用，我只是有點好奇。」小石被他的氣勢嚇到，低下了頭。

「那就拜託了。」岩倉雙手放在桌上，深深鞠了一躬。

「雖然能不能成功取決於我爸爸，但我會督促他好好努力。」

「謝謝。」

「我這麼說可能很失禮，但是山本先生，你這個人還真奇特。因為聽你剛才說明的內容，你回憶中的鯖魚壽司感覺一點都不好吃，現在京都有很多好吃的鯖魚壽司，你竟然特地指定想要吃那種不尋常的鯖魚壽司。」

「小石小姐，這是因為妳還年輕的關係。年輕時，只要美食當前，就會無條件地屈服，但是到了像我這種年紀，就會被回憶這種調味料吸引，想要再吃一次曾經讓我感到如此幸福的鯖魚壽司，而且，我不叫山本，而是山田。」岩倉露出了苦笑。

「對不起，但是山田先生，我並不年輕，已經年過三十了。一個星期喔……，請你再多給我們一天，下週三剛好是食堂的公休日，這樣也比較方便。」

這次利用短暫的休假來到這裡，但下週來這裡是為公事出差。雖然自由的時間有限，但只要費心調整一下，應該可以擠出一個小時的時間。

「星期三嗎？沒問題，但我會在中午過來。如果難度實在太高，請妳提前通知我。」

「我爸爸判斷很迅速，如果不行的話，他看一眼就知道了。」小石瞇眼笑了起來，眼尾擠出一些細紋。

「我連同剛才的餐費一起支付。」岩倉拿出皮夾。

「偵探費都是事後收費，所以請你下週來的時候再支付。今天的主廚特選餐是一千圓。」

「這麼豐盛的餐點只要一千圓？這樣太不好意思了。」岩倉把一千圓遞給了小石。

「要收據嗎？」

「不用了。啊，對了，還是請妳開一張抬頭是山田太郎的收據。我想留作紀念。」岩倉眉飛色舞地回答。

「要不要幫你叫輛計程車？因為這一帶非常難攔到計程車。」小石撕下收據時說。

「沒關係，我走回去。」

岩倉跟著小石，沿著細長的走廊回到店裡。

流一臉嚴肅的表情坐在吧檯前，看著報紙吃咖哩。

流看到岩倉，慌忙收起報紙，放下湯匙。

「請慢慢吃。」岩倉瞥了一眼流手上的報紙，不由得繃緊了肩膀。

「小石，有沒有充分瞭解情況了？」流喝完杯子裡的水問小石。

「該問的事情都問了，接下來就看你的本事了。」小石用力拍著流的手臂，店內響起了清脆的聲音。

「不需要這麼大力。」流皺著眉頭，摸著自己的手臂。

「那就下週見，拜託你們了。」岩倉輕輕笑了笑，緩緩鞠了一躬，走了出去。

「謝謝，那我們就下週見了。」小石對著他的背影鞠躬，流也跟著鞠了一躬。

「小石，妳剛才說什麼？下週見？我說過多少次了，至少要兩個星期的時間，才能調查出結果。」流一抬起頭，就狠狠瞪著小石。

「但是山田先生強烈要求一個星期後，爸爸，你不是經常說，偵探的工作，就是滿足客人的要求嗎？」

「妳還真會耍嘴皮子，嗯，既然我說過這樣的話，那也只能認了。這次是什麼樣的案子？是一個星期就能夠解決的簡單案子嗎？」流立刻搶走了小石手上的筆記本，翻了起來。

「對你來說太簡單了，三天應該就可以搞定。」小石拍著流的後背，發出了比剛才更大的聲音。

「我不知道有這種鯖魚壽司。」流低頭看著筆記，眉頭出現了好幾條皺紋。

「所以你要憑本事找出來啊，加油嘍。對了，我也來吃咖哩，不知道浩哥喜歡的咖哩是什麼味道。」小石蹦蹦跳跳跑進了廚房。

流坐在鐵管椅上，翻著筆記本，臉上的表情越來越凝重。

「咖哩真好吃。」小石滿面笑容地從廚房探出頭，但是流仍然看著筆記本，手指指著上面的文字。

「『黃色的醋飯』、『檸檬』、『沖繩』、『桑之旅館』、『有生命的鳥居』……。主要線索就只有這些，真是個大難題啊。」流闔起筆記本後，抱著雙臂，仰頭看著天花板。

「別擔心，這種程度的謎題，你三兩下就可以搞定。爸爸，你剛才看報紙時的表情超可怕，報紙上寫了什麼？」小石在洗盤子時大聲問。

「十天後，提高消費稅的法案就要通過。現在日子就已經很難過了，如果還要再提高，整個日本都要投降了。」流把報紙丟在桌上。

「就是啊，目前的首相剛上任時說得很好聽，現在做事卻不乾不脆。」

小石把盤子放回了碗盤架。

「他是政二代，難免被周圍的意見影響。但是，我還是相信他沒有忘記剛當上首相時說的，『該做決定的時候就會毅然決然……』。」流雙眼用力注視著報紙上的照片。

「無論政局如何變化，我們還是得工作，我去一下銀行。」小石拿下了圍裙。

「是啊，即使坐在這裡鑽牛角尖，也想不出什麼好主意。我去武者小路町看一下，這次只有一個星期，沒時間拖拖拉拉。只要向周圍的鄰居打聽一下，應該可以問到那家旅館的情況。」流脫下了白色廚師服，掛在椅背上。

「路上小心，但是你晚餐之前會回來吧？晚餐要吃什麼？我突然很想吃壽司。」小石擠眉弄眼地看著流。

「妳真是獅子大開口啊，別以為我不知道，妳是想去阿浩的店吧？」

「答對了，爸爸果然厲害，好精彩的推理。」

「妳不用拍馬屁，爸爸現在荷包很緊，沒辦法請客。我話說在前面，今晚要各付各的。」

「小氣鬼。沒關係，只要能吃到浩哥的壽司就好。」小石的臉頰紅了。

✽

目前正是紅葉季節，京都街頭人滿為患。鴨川食堂前的正面通上，也擠滿了在東本願寺和枳殼邸庭園之間往來的觀光客，比平時更加熱鬧。
「山田先生真的會來嗎？」小石蹲在店門前，撫摸著瞌睡的後背說。
「妳有通知他嗎？」流一臉心神不寧的表情，看著來往的行人。
「當然有啊，但是山田先生好像很忙，他在電話中說，會比上個星期的時間稍微晚一點才到。」
「上次他是正午的時候上門，但是現在已經一點了。」流趕走了在腳下玩耍的瞌睡。
「是不是那個人？就是剛從計程車下來的那個人。」小石指著東本願寺的方向。
「我來晚了，你們特地站在門口等我嗎？」身穿深藍色西裝的岩倉小跑著來到身穿白衣的兩個人面前。
「我們在和貓一起曬太陽，請進。」流打開了拉門。
「真是不好意思，讓你們久等了。」岩倉一走進店裡，立刻向他們鞠躬道歉。

「你等一下還要趕回去工作吧？那就趕快進入正題，接下來由我爸爸向你說明。」小石請岩倉在餐桌旁坐下來。

不同於上週一身輕鬆的打扮，今天的岩倉一看就知道是利用工作的空檔趕來這裡。

流和岩倉面對面坐在貼皮的餐桌旁。小石走進了廚房。

「情況怎麼樣？有沒有找到？」岩倉喘了一口氣後問。

「如果沒找到，就不會請你來這裡了。」流苦笑著回答。

「謝謝。」

「現在說謝謝還為時太早。雖然我做出了應該是你正在尋找的鯖魚壽司，但也可能搞錯了。如果是這樣，就請你多包涵。」

「我完全瞭解。」岩倉露出銳利的眼神看著流。

「小石，妳可以切右邊第二條嗎？每一貫不要超過兩公分。」流轉頭對著廚房的方向大聲說道。

廚房傳來咚、咚、咚切東西的聲音，保持緩慢的節奏連續響了五次。

「雖然也有酒，但還是喝茶比較適合吧？」小石端著黑色漆器托盤走了過來，托盤中的古伊萬里細長盤子上裝著鯖魚壽司。

「喝茶當然沒問題，因為等一下還要回去工作。」岩倉看向細長盤子。他目不轉睛地注視著，一時說不出話。

「請慢用。」流挺直身體，伸出手掌，指向鯖魚壽司。

岩倉在流的示意下，合起雙手，難以克制興奮的心情，急忙把鯖魚壽司送進嘴裡。流和小石都盯著他的嘴巴，觀察著他的表情。

岩倉動著嘴巴咀嚼著，仔細品嘗著鯖魚壽司的味道。

又是一陣沉默。

「沒錯，就是它。這就是我想要尋找的鯖魚壽司。」岩倉的眼眶泛淚，又張開嘴，夾起了一貫鯖魚壽司。

「太好了。」小石忍不住鼓掌。

「這個顏色和清爽的酸味，還有咬起來的口感太完美了，簡直就像見證了魔法。我在五十年前吃到的鯖魚壽司，你根本沒吃過，怎麼有辦法……？可以請你告訴我詳細的情況嗎？」岩倉放下筷子，坐直了身體。

「我逐一確認了你上週來這裡時對小石說的內容。『桑之旅館』、『有生命的鳥居』，還有『黃色醋飯』和『沖繩』，這是四個主要的關鍵字。首先，我去了以前那家旅館所在的上京區武者小路町，那家旅館當然早就不在了，但是，我向附近的鄰居打聽之後，發現『桑之』似乎不是姓氏，而是地名，只不過日本各地有太多叫這個地名的地方了，所以當下我有點不知所措。」流喝了一口茶，喘了一口氣後，繼續說了下去。

「『桑之旅館』的舊址目前已改建成公寓，前院有一棵樹，是蠟瓣花，也叫土佐水木。我打聽之後，發現以前還是旅館時，就有那棵樹了。我突然想到，老闆娘會不會是土佐人。因為我記得桑之這個地名，不知道在哪裡聽過。我查了之後發現了桑之川這個地名，就在高知縣的南國市。這麼一來，就找到了土佐和『桑之』的交集。既然這樣，當然就得親自去一趟高知。」流笑逐顏開，岩倉的臉上也露出了笑容。

「因為我爸爸最重視實地考察了，一定要親自去。」小石露出崇拜的眼神注視著流插嘴說。

「於是，食堂就公休一天，我去了實地瞭解情況。去了南國市的桑之川後，首先去找了『有生命的鳥居』。我問了村落的人，大家都說應該是地主神社。我去看了一下，發現那裡有一座老舊的小神社，神社的鳥居就是『有生命的鳥居』。山田先生，你想像是什麼樣的鳥居？」

「什麼樣的鳥居？當時我才八歲，以為神社的鳥居一到晚上，就會動起來，總之讓我有一種靈異的感覺。」岩倉老實地回答。

「我起初也是這麼想像，但是實際看到的鳥居太不可思議了，就是這個。」流向岩倉出示了用數位相機拍的照片。

「這就是鳥居？那不是杉樹的樹幹嗎？」岩倉拿下眼鏡看了之後，驚訝地問。

「沒錯，兩棵杉樹合體之後看起來就像鳥居，稱為桑之川的鳥居杉，在當地很有名。因為不是使用砍伐的樹木，而是還生長著的樹，所以稱為『有生命的鳥居』，於是我確信，旅館的老闆娘說的一定就是這裡。我向神社的宮司打聽，得知了根本就像是天上掉下來的消息。」

「爸爸每次都會打聽到這種天上掉下來的消息。」小石眉開眼笑地為岩倉倒茶。

「宮司想起來，附近的確住了一個以前在京都開旅館的人。從那裡往西走一小段路，有一個名叫土佐山西川的村莊，『桑之旅館』的老闆娘就是那個村莊的人，名叫平春子，你還記得嗎？」流看著岩倉的眼睛問。

「你這麼一說，我記得旅館的人好像都叫她春姐……。」岩倉緩緩點了點頭。

「旅館結束營業後，平春子回到了老家，可惜多年前就去世了。但是，我遇見了曾經直接向春子老闆娘學過鯖魚壽司製作方法的女人，我向她請教之後，做了你剛才吃的鯖魚壽司。調味使用了土佐的方式，但是考慮到當時的物流狀況，我使用了若狹產的鯖魚。」流注視著鯖魚壽司。

「原來老闆娘是土佐人，我一直以為她是沖繩人或是京都人。」岩倉用手指拿下了沾到鬍子上的飯粒，夾了第三貫鯖魚壽司。

「土佐有一種田舍壽司，使用了特產的香橙製作醋飯。將醋和香橙汁混合，所以醋飯是黃色，有獨特的香氣，真的很棒，只是那種香氣和檸檬不太一樣。」

坐在旁邊的小石用力吸著鼻子嗅聞著。

「這是什麼？看起來像是切成薄片的茄子？」岩倉發現鯖魚肉和醋飯之間夾了蔬菜。

「這是我直到最後才搞清楚的事。這就是你記憶中的沖繩，正確地說，是琉球。大野芋在土佐稱為留球，有時候會切成薄片，和鯖魚肉一起做成鯖魚壽司，就好像京都的鯖魚壽司會加昆布一樣。我想是因為你以為是琉球，而且記住了，久而久之，就變成了沖繩。你記得這種口感吧？」

「原來沖繩……是這麼一回事。」岩倉拿起了留球，露出了深有感慨的表情。

「我這麼問，或許有點失禮。山田先生，你當時為什麼會吃那家旅館的鯖魚壽司？」流小心翼翼地問。

「因為我家是一個冷冰冰的地方，爸爸幾乎都不在家，媽媽白天很忙，我從來沒有感受過家庭的溫暖。老闆娘心地很善良，每次看到我在家門口很孤單的樣子，就會請我去她家玩。」岩倉若有所思的雙眼突然一亮。

「就是春子老闆娘。」

「我想起一件事。每次我吃鯖魚壽司時，春子老闆娘都會問我：『是不是很好吃？』我不是都會回答很好吃嗎？然後她下一次又會問：『是不是很好吃？』我每吃一口，她都會不停地問，我實在覺得很煩，忍不住頂嘴，說了像是『回答一次不就夠了嗎？』之類的話，沒想到……。」

「春子老闆娘一定超生氣。」小石探出身體。

「她對我說：『好吃的話，就要多說幾次，反正又不會少一塊肉。』她當時的表情很可怕，因為我的父母從來沒罵過我。」岩倉抬頭看著天花板說著，似乎在回想往事。

「『人很容易習以為常，即使一開始覺得很好吃，日子一久，就覺得理所當然，不能忘記最初的感動。』我記得她當時這麼說。我吃了今天的鯖魚壽司，回想起很多事。」岩倉充滿憐愛地看著鯖魚壽司。

「你還記得平春子老闆娘的口頭禪嗎？教我做鯖魚壽司的人告訴我，春子老闆娘經常把一句話掛在嘴上。」流插嘴說。

「畢竟已經是五十年前的事了。」岩倉頻頻歪著頭思考，這時，他放在胸前口袋裡的手機響起了收到訊息的通知。

「看來你在趕時間。小石，妳可以為他打包嗎？」

「好，今天也不用幫你叫計程車吧？」小石看到岩倉點頭之後，立刻走進了廚房。

「不好意思，每次都匆匆忙忙。」

「無論如何，能夠幫你找到真是太好了，我也鬆了一口氣。」流終於放了心。

「我很慶幸看到了《料理春秋》上的廣告。」岩倉也露出了微笑。

「但是，那本雜誌上既沒有地址，也沒有電話，只寫了『鴨川食堂・鴨川偵探事務所——尋找那一味』，所以很多人都以為是在鴨川附近。」

流露出了苦笑。

「而且也沒有掛招牌。」岩倉也面帶笑容地瞪著他。

「因為一旦掛上招牌，就有很多麻煩事。網路上不是有那種美食評比的網站嗎？我不想要自己的店出現在那種地方被人討論，只想經營老主顧。」流一臉不屑地說。

「我們這家店不想和所謂的美食或是美食家扯上任何關係。」正在廚房的小石補充說。

「沒想到你竟然能夠找到這家店。」流注視著岩倉的眼睛。

「其實是主編大道寺茜女士告訴我的，更正確地說，是我硬逼著她說出來的。」

「你和茜認識嗎？」

「不，稱不上認識……。」岩倉移開視線，沒有正面回答。

「山田先生，既然你會看《料理春秋》這類的雜誌，可見你對吃這件事也很有興趣。」

「我每一期都看，一直對『尋找那一味』的廣告很好奇。」岩倉露出了苦笑。

「只有被那一行廣告吸引的人，才會來這家食堂。」流也笑了起來。

「既然這樣，就要在廣告上多提供一些線索。」岩倉一臉嚴肅地說。

「人和人之間的緣分很不可思議，該相遇的人必定會相遇。同樣的，只要和這家店有緣的人，一定能夠找到這家店，就像你一樣。」流直視著岩倉的眼睛。

「無緣就不可能走進這家店……。」岩倉深有感慨地說。

「聽說有時候會有讀者去問編輯部，但是照理說，茜不會告知詳細情況。」流觀察著岩倉的態度。

「她一定是被我對『那一味』的執著所打動。因為，那是五十年前的回憶，我上週剛好有辦法休假，真是太幸運了。」

「你對『那一味』那麼執著嗎？」流也深有感慨地說。

「因為我曾經想要像你一樣當廚師，我想要製作能夠為別人帶來幸福的料理，只不過我爸爸不可能點頭。」岩倉露出自嘲的表情回答。

「並不是只有廚師能夠為別人帶來幸福。」流語氣堅定地說。

「你說的完全正確，我之所以從事目前的工作，也是認為能夠為別人帶來幸福。」

「那很好啊。」

「只不過我的工作無法像你一樣，端出來的都是美味的料理，有時候明知道難以下嚥，仍然必須端出來。」

「所謂的良藥苦口嗎？」

「沒錯，但我經常只從自己的立場看問題。有時候為了健康著想，再難吃的食物，都必須咬牙吞下去。我總是把這些話掛在嘴上，完全沒有顧慮到吃的人內心的感受，所以我想要確認一下，吃真正好吃的東西，對人有多麼重要……。」

「所以想要尋找以前吃過的鯖魚壽司嗎？」

岩倉聽了流的問題，用力點了點頭。

「託你的福，我改變了想法。雖然很抱歉，沒有給你充裕的時間，但幸好鯖魚壽司有機會成為及時雨。」

「那真是太好了。我向來只讓客人品嘗好吃的食物，如果有不好吃的東西，就留下來自己吃。我一路走來，都堅持這個原則。」流注視著岩倉的眼睛。

「讓你久等了。」小石提著紙袋走過來時，岩倉緩緩站了起來。

「請問費用是多少？」岩倉拿出了皮夾。

「偵探費的金額由客人決定，無論多少都沒問題，請你把認為適當的金額匯入這個帳戶。」小石把寫了匯款帳戶的便條紙交給了他。

「我瞭解了，回去後馬上處理，還會加上急件費。」岩倉把便條紙放進皮夾。

「路上小心。」流把岩倉送到門外。

「謝謝。」岩倉走出食堂，立正後深深鞠了一躬。

「能夠幫上你的忙，是我莫大的榮幸。」站在流身旁的小石微笑著對他說。

「那我就告辭了。」岩倉邁開步伐，走了三步後，又轉過身說：「我想起來了，春子老闆娘的口頭禪是『莫忘初心』，對吧？」

「答對了。」流高舉雙手，在頭頂上比了一個圓。

岩倉微微欠身後，再度邁開步伐。

一輛黑頭車駛過他身旁。

「山田先生。」流大聲叫了一聲，岩倉的後背抖了一下，轉頭看著他。

「萬事拜託了。」流微微鞠了一躬，岩倉笑著點了點頭，轉身離開了。

「山田先生似乎很滿意，爸爸，這都是你的功勞。」小石轉身面對流鞠躬說完這句話，瞌睡叫了一聲。

「區區鯖魚壽司，小兵也可以立大功，也許一貫壽司，可以影響一個國家。」流小聲嘀咕著。

「國家？爸爸，你又在說大話了，可別得意忘形。」小石用力拍著流的後背。

「算了，這不重要，接下來就期待他的匯款了，我們要來大吃特吃鯖魚壽司了。」

「對了，爸爸，我剛才就想問你，你總共做了七條鯖魚壽司，為什麼要我切右邊數過來第二條。」

「因為在醃漬鯖魚肉時，加醋的分量都略微不同，我總共做了七條，但右邊數過來第二條最好吃。即使是多麼渴望吃到記憶中的那一味，如果不好吃，就無法感到滿足。也因為吃了好吃的東西，才會覺得就是記憶中的那一味。」

「所以你的意思是，我們今晚都要吃那些不好吃的鯖魚壽司嗎？」

「那只是相對而言，每一條壽司都好吃。對了，我之前去土佐時，買了好酒回來，分別是『醉鯨』和『南』，聽說都很好喝。」

「太好了，我最喜歡大白天就喝酒，但是有兩大瓶……。我們能夠喝得完嗎？」小石抬眼看著流。

「如果妳想叫阿浩一起來，至少要叫他帶綜合生魚片過來。」

「你怎麼知道？」

「那還用問嗎？別忘了我是偵探、偵探。我當然知道阿浩的店今天也是公休。」

「果然是名偵探。」小石又拍了流的後背。

「妳在想什麼，我全都知道。」

「難怪我這麼愛喝酒。」

「廢話少說，趕快去準備，媽媽等不及了。」流看向佛壇。

第四道　炸豬排　とんかつ

經過了冰冷徹骨的漫長冬季，京都的街頭也終於有了春天的氣息。

背對著東本願寺，走過寬敞的烏丸通，來到正面通。在這條狹窄的路上來來往往的行人，身上的衣服也出現了淺藍色、檸檬黃和粉紅色等春天的顏色。

沿著正面通往東走的廣瀨須也子，今天穿了一件煙灰色的洋裝和黑色外套，一身素色打扮。

因為她事先充分調查，所以很確定眼前這棟看起來像是歇業商鋪的房子，就是她要找的店，只是沒有十足的把握。因為這家店沒有暖簾，甚至連招牌也看不到。

鋁製拉門旁有一扇小窗戶，從裡頭傳出來的談笑聲，感覺這裡不像是民宅，而且飄出了很像百貨公司地下樓層美食街的味道。

「謝謝款待。」

拉門一下子打開，一個身穿白色夾克的年輕男人走了出來，原本在店門口睡覺的虎斑貓立刻跑了過去。

「不好意思，請問這裡是『鴨川食堂』吧？」男人正在摸貓的腦袋，須也子立刻問他。

「因為是鴨川父女經營的食堂，所以應該是吧。」

須也子向男人微微鞠了一躬，立刻打開了拉門。

「請問是來用餐嗎？」鴨川流用手巾擦著手，從廚房走了出來。

「我來這裡，是想請你們幫我尋找『那一味』。」

「偵探業務由我女兒負責。」流不假辭色地說完，轉頭看向小石。

「實際尋找的人是我爸爸，請問妳肚子會餓嗎？」

時鐘指向十二點半。

「請問這裡有什麼料理？因為我很多食物都不吃。」須也子瞥了一眼吧檯上那個還剩下少許湯汁的拉麵碗。

「第一次來的客人，都只提供主廚特選餐。請問妳有對什麼食物過敏嗎？」流接過了話題。

「倒不是會過敏，而是我不喜歡吃肉類這種油膩的食物。」須也子打量店內後回答。

「如果妳不想吃太多的話，馬上就可以為妳準備。」

「好啊，因為我胃口很小。」須也子露出鬆了一口氣的表情。

「今晚剛好有客人要來吃日本料理的套餐，我正在準備，我就挑一些給妳。」流小跑著回到廚房。

「請坐。」小石拉出紅色椅面的鐵管椅。

「沒有招牌，也沒有菜單，真是一家神奇的店。」須也子再次打量著店內。

「妳竟然可以找到這裡。」小石把茶杯放在須也子面前。

「我看到了《料理春秋》的廣告。」

「妳就靠那一行廣告找到這裡嗎？」小石忍不住停下了倒茶的手。

「廣告上沒有電話，我打電話問編輯部，編輯部的人也堅持無法告知詳細情況。即使我向他們提出抗議，既然這樣，為什麼要刊登廣告，編輯部的人仍然不理我。我是靠四處打聽，才終於找到這裡。」須也子緩緩喝完了杯中的茶。

「不好意思啊，雖然大家都這麼說，但因為我爸爸很頑固，說什麼即使只有一行字，有緣的客人一定能夠找到這裡。」小石瞥了廚房一眼。

「讓妳久等了，我全部都用小碟子各裝了一點點。」流送上料理，把圓形托盤內的小碟子放在須也子面前。

「好可愛的料理。」須也子露出了欣喜的眼神。

「從左上方開始，分別是鞍馬煮宮島牡蠣，小米麩和蜂斗菜味噌田樂燒、香滷蕨菜春筍、炭烤銀鮋、山葵拌京都土雞的雞胸肉、蕪菁薄片的千枚漬包若狹的醋漬鯖魚。右下方的湯碗內是蒸蛤蜊羹。客人希望今天的菜色呈現送冬迎春的氣氛，所以我做了這些菜。今天的米飯是丹波產的越光米，請慢用。」流把圓形托盤夾在腋下，依次介紹了桌上小碟子中的每一道菜。

「要從哪一道開始吃呢？」須也子瞪大了眼睛，拿起了筷子。

「我把茶壺放在這裡，如果茶倒完了，請隨時叫我。」小石和流一起走回了廚房。

須也子最先吃了銀鮋，因為充滿春天氣息的小碟子吸引了她的目光，橢圓形古代金幣形狀的黃瀨戶小碟子上，有兩尾小巧的銀鮋。須也子想起三年前，和離婚的前夫岡江傳次郎在京都的高級日本料理店吃飯的情景。

傳次郎當時眉開眼笑地告訴她，銀鮋是宣告京都春天來臨的風物詩，也就是春天的代表性事物，是琵琶湖的特產。須也子當時聽了，覺得傳次郎已經完全變成了關西人。

她蘸著兩杯醋蘸醬，轉眼之間就把兩尾銀鮈吃完了，然後把用千枚漬包起的鯖魚放進嘴裡。她之前吃過好幾次鯖魚壽司，在老家山口縣常去的那家小餐館，有時候會用關鯖魚醋醃後做成棒壽司，但這是她第一次搭配醃漬菜一起吃，略帶甜味的千枚漬和醋醃鯖魚的酸味在舌尖結合。

湯碗蓋上的蒔繪畫著柳樹吐芽，她拿起象徵目前季節的蓋子，立刻冒出了熱氣。蛤蜊和增添風味的配料香橙香氣撲鼻。須也子喝了一口湯，忍不住吐了一口氣。

「請問合妳的胃口嗎？」流從廚房走了出來。

「太好吃了，是我這個鄉下人可望不可即的美味。」須也子拿蕾絲手帕擦了擦嘴巴。

「請問妳從哪裡來？」

「我從山口縣來這裡。」

「真是千里迢迢，辛苦妳了。等妳用餐完畢，我馬上帶妳進去。」流收走了吃完的小碟子。

須也子確認流離開之後，把鞍馬煮牡蠣放在白飯上，倒了茶，然後大口吃了起來。她配著山葵拌雞胸肉，把碗裡的最後一粒米也都吃得精光。

「要不要再添一碗飯？」流從廚房走過來，遞上圓形托盤問。

「我吃飽了，不好意思，我吃得很不雅觀。」須也子猜想流看到了她剛才自己做成茶泡飯來吃，不禁羞紅了臉。

「用餐的方式沒有雅不雅觀的問題，最重要的是你用自己喜歡的方式品嘗。」

「謝謝款待。」須也子放下了筷子，合起雙手。

「那我帶妳進去？」小石適時提議。

打開吧檯旁的那道門，小石率先沿著走廊走在前面。須也子和她稍微保持距離，跟在她的身後。

「這些照片是？」來到走廊中間時，須也子停下了腳步。

「全部都是我爸爸做的料理，無論日式、中式還是西式，他全都很在行。」小石指著貼滿兩側走廊的照片，得意地挺起胸膛。

「什麼都在行，就代表什麼都不精，沒有拿手的料理。」

「雖然這麼說也不是沒道理。」小石不滿地鼓起臉頰。

「這也是嗎？」須也子驚訝地輪流看著其中幾張照片。

「這是之前受和服店老闆的委託，做河豚全餐時的照片。裝在大盤子裡的是河豚生魚片，瓦斯爐上的是烤河豚，土鍋裡的是吃完河豚火鍋後煮的鹹粥。我爸有河豚專業技師的執照。」小石挺起胸膛說。

「我還以為這裡只是普通的食堂，沒想到這家店供應的料理和店本身有點落差。」須也子輕輕笑了笑，轉頭看向食堂。

「妳喜歡吃河豚嗎？」小石繼續邁開步伐，有點不悅地問。

「因為我在山口縣出生，從小就很愛吃河豚。」須也子輕鬆地回答。

「我在家人慶祝我考上大學時，才第一次吃到河豚。」小石轉過頭說。

「我爸爸是大學校長，經常有人送禮。」

「這樣啊。」小石覺得須也子說話的態度很高傲，所以很自然地板起了臉，動作粗魯地打開了門。

「請坐。」

「打擾了。」須也子完全沒發現小石表情的變化，若無其事地在沙發上坐了下來。

「可以請妳填寫一下嗎？」小石用比平時更加公事化的語氣，遞上板夾說。

她把茶葉放進茶壺時，斜眼偷偷觀察須也子。

須也子俐落地填寫著。

「這樣可以了嗎？」

「廣瀨須也子女士。妳看起來很年輕不像五十歲，請問妳在尋找『哪一味』呢？」小石冷冷地問。

「炸豬排。」須也子直視著小石回答。

「妳剛才不是說，不喜歡吃肉類等油膩的東西嗎？」小石聽到意外的回答，忍不住問。

「並不是我自己要吃，而是給別人吃的。」須也子露出了訴說的眼神。

「請問是什麼樣的炸豬排？」小石問。

「就是因為不知道，才想請你們幫忙找出來。」

「雖然是這樣……，能不能請妳說得更詳細一點？」小石皺起眉頭。

「要說到什麼程度……？」須也子撇著嘴角，陷入了猶豫。

「看妳想說到什麼程度。」小石冷冷地回答。

「請問妳知道出町柳這個車站嗎？」

「我想住在京都的人，沒有人不知道那個車站。」小石的臉頰又鼓了起來。

「那個車站旁有一座寺院。」

「有……寺院嗎？」小石忍著呵欠，歪著頭問。

「那妳一定不知道，那座寺院旁，曾經有過一家名叫『勝傳』的炸豬排店。」

小石聽了須也子的問題，只能默默點頭。

「我想找那家店的炸豬排。」

「那家店目前已經歇業了吧？」

這次輪到須也子點頭。

「那家店開到什麼時候？」

「是在三年半前收掉的。」須也子一臉嚴肅的表情。

「並沒有很久，我想應該可以找到。那家店叫『勝傳』，對吧？」小石在筆記本上記錄著。

「我也這麼以為，於是就在網路上搜尋，但幾乎找不到相關的資料。」須也子愁眉不展地說。

「如果是三年半前才歇業，那些美食評比網站、美食部落客應該都會提到。」

「不是也有像你們店一樣，雖然還在營業，但在網路上完全找不到相關資訊的店家嗎？」

小石聽了須也子的回答，放鬆了臉上的表情。

「妳說的也有道理。我爸爸也不願意受到那些無聊評價的影響，即使他拒絕了好幾次，但還是出現在美食評比網站上，所以他乾脆把招牌也拆了，對外宣稱已經歇業。」

「我老公似乎也有同樣的想法，但他倒是有掛招牌和暖簾。」須也子輕鬆地說。

「『勝傳』是妳先生開的店嗎？」小石瞪大了眼睛，向茶几的方向探出身體。

「對，但是正確地說，是我的前夫。」須也子輕輕點了點頭。

「既然這樣，妳直接問妳前夫，不就都解決了嗎？」小石再次鼓起了臉頰。

「如果有辦法這麼做，我就不會來拜託你們了。我就是想讓他吃炸豬排。」須也子低著頭說。

「聽起來好像很複雜，請問是怎麼回事？」小石不耐煩地用指尖轉動手上的筆。

「二十五年前，我和在山口縣開了一家名叫『河豚傳』的河豚料理店的人結了婚，不光是我父親，全家人都極力反對這段婚姻。」須也子停頓了一下，伸手拿起了茶杯。

「妳父親是大學校長，但是那家河豚料理店的老闆，為什麼跑來京都開炸豬排店呢？」小石抬起頭問。

「起因是發生了河豚中毒事件。」須也子緩緩喝著茶。

「河豚中毒不是會有生命危險嗎？」小石皺起了眉頭。

「造成一人死亡……。」

「太可憐了。」小石小聲地說。

「那個人是我堂哥。他從小就很霸道，無論任何事，只要他一說出口，不達目的絕不罷休。他帶了自己釣到的河豚去店裡，硬是要求店裡的廚師做給他吃。那天我先生剛好去參加工會的聚會，不在店裡，把店交給了二廚增田，結果就發生了這種憾事。」須也子咬著嘴唇。

「因為是妳先生的親戚，那位二廚應該拒絕不了。」小石表示同情。
「增田一再拒絕，但最後我堂哥幾乎用威脅的方式逼迫他。」
「那家店後來怎麼樣？」
「因為那是一個小地方，所以消息很快就在當地傳開了，那家店也只能歇業，如果只是這樣也就罷了……。」須也子一臉愁雲慘霧。
「還有賠償的問題嗎？」小石翻了一頁手中的筆記本。
「我堂哥家是靠做貿易起家的名門，因此並沒有衍生出金錢方面的問題……。只不過對親戚關係產生了影響，於是我先生就主動提出離婚。」
「是妳堂哥硬是要求別人做給他吃，根本不是妳先生的錯。」小石忍不住感到憤慨。
「岡江是責任感很重的人……。」
「所以妳的前夫姓岡江。」小石在記錄的同時說。
「他叫岡江傳次郎。」須也子探頭看著小石的筆記本。
「你們根本不需要離婚啊，只要和妳一起離開山口縣，不是就可以解決問題了嗎？」小石不滿地嘟著嘴說。

「雖然我自己說這種話有點那個，廣瀨家在山口是很特別的家族，我們家族很重視名譽，而且我也無法放下鋼琴老師的工作……。」須也子挺直了身體。

「妳是鋼琴老師嗎？」

「我的學生從幼兒園的小孩，到參加鋼琴比賽的音樂大學的大學生都有，最多的時候有超過一百名學生。」

「所以妳在離婚之後，繼續住在山口，但是妳先生搬來京都，然後開了一家炸豬排的餐廳嗎？」

「剛離婚那兩年，他暫時離開餐飲業，在關東地區輾轉了好幾個地方，好像之後才來京都。」須也子淡淡地說。

「所以他來京都……，差不多是二十年前。」小石用雙手的手指計算後又問：「他為什麼會開炸豬排的餐廳？」

「我也搞不懂，之前曾經有一次，店裡的員工餐炸了豬排，他帶回來給我吃。他有時候會帶店裡的員工餐回來。」須也子頻頻歪著頭，似乎在思考什麼。

「餐廳的員工餐很好吃，我們也都是吃員工餐。」小石對須也子露出了笑容。

「是嗎？但我覺得都是吃客人的剩菜。」須也子皺起了眉頭。

「既然這樣，妳為什麼現在想要找妳前夫之前店裡的炸豬排呢？而且為什麼無法問妳的前夫？又為什麼要給他吃呢？有太多令人費解的疑問了。」小石抬眼看著須也子。

「我是十月二十五日生日，我每年生日時，他都會寄禮物給我聊表心意，但是去年沒有收到他的禮物。我有點擔心，於是就聯絡了他，沒想到他在東山的紅十字醫院住院。我今年初去醫院看他，發現原本個子高大的他，已經瘦得不成人形。」須也子字斟句酌地向小石說明。

「所以他得了重病。」小石停下筆，用低沉的語氣說。

「醫生說，最多撐不過三個月。」

「三個月？所以沒有太多時間了。」小石看著掛在牆上的月曆，突然叫了起來。

「聽護理師說，他幾天每天都在說『勝傳』的炸豬排，雖然我問他，到底是什麼樣的炸豬排，但是他都不告訴我。剛好在那時候，看到了《料理春秋》的廣告。」須也子說完後，用力嘆了一口氣。

「他也沒有告訴護理師，是什麼樣的炸豬排嗎？」小石抬眼看著須也子問。

「沒有說得很詳細，聽護理師說，岡江都是在晚上提到炸豬排的事，曾經聽到他好像在說夢話般念念有詞，說什麼三毫米、五毫米之類的，但是我完全不知道那是在說什麼。」須也子搖了兩、三次頭。

「三毫米、五毫米嗎？真的令人猜不透啊，好，我充分瞭解了，我相信我爸爸一定會找到，而且我會請他盡量抓緊時間。」小石闔起筆記本站了起來。

「拜託你們了。」須也子也起身鞠躬。

「有沒有問清楚了？」當她們回到食堂，流收起了手上的報紙。

「爸爸，十萬火急，你要趕快找到這道炸豬排。」小石說話的聲音也變尖了。

「怎麼回事？為什麼突然說這種莫名其妙的話？」

「你知道之前有一家名叫『勝傳』的炸豬排店嗎？」

「『勝傳』？好像有聽過，又好像沒聽過。」流歪著頭思考著。

「你的回答根本是好像有說，又好像沒說一樣。」小石露出氣鼓鼓的表情。

「小石，我之前不是經常提醒妳，說話要心平氣和，努力把想說的內容傳達給對方嗎？」

小石聽了流的話，似乎稍微平靜了下來，她請須也子坐下後，自己在須也子身旁坐了下來。

「須也子女士基於某些原因和她先生離了婚，她的前夫目前得了重病。」小石向流說明了事情的來龍去脈。

流仔細聽著小石說的話，不時歪著頭，或是點頭，然後從架子上拿下了京都市區的地圖。

「我想起來了『勝傳』的炸豬排。我記得是在十多年前，曾經去吃過好幾次。記得是在出町柳車站旁的『長得寺』後方，店面很小，高大的老闆一個人默默炸著豬排。」流攤開了地圖。

「沒錯，的確就在那個寺院附近，當年高大的他，現在……。」須也子從皮包裡拿出記事本，拿出夾在裡面的照片出示在流面前。

「雖然隱約可以看到當時的影子，但是我對他身材高大的印象太深刻了。」流目不轉睛地看著照片。

那應該是在醫院的多人病房拍的照片，須也子說，那個坐在靠窗病床的孱弱男人就是岡江傳次郎。

「妳的手指真漂亮。」流看著須也子拿著照片的手。

「須也子女士是鋼琴老師，手指當然很漂亮。這種事不重要，爸爸，這次的時間很緊迫。」小石看著流懇求著。

「三個月……。」流看著照片，小聲嘀咕著。

「而且那是最好的情況。」須也子用幾乎聽不到的聲音說。

「我瞭解了，給我兩個星期的時間，我應該可以找到。可以請妳下下週的今天再來一趟嗎？」

「兩個星期？不能更早嗎？」小石尖叫著說。

「找到『勝傳』的炸豬排，然後再做出來，至少要兩個星期。」流語氣堅定地說，須也子站了起來，向他深深鞠了一躬。

須也子走出食堂時，瞌睡一直在她腳下打轉。

「瞌睡，你趕快走開。」小石蹲了下來。

「沒關係，我家也有養貓。」須也子把瞌睡抱起來後，交給小石。

「妳的貓叫什麼名字？」

「哈農。那是鋼琴練習曲集的名字。」須也子今天第一次在小石面前露出了會心的笑容。

「果然骨子裡都是鋼琴老師。」小石也笑著說，須也子向西邁開了步伐。流對著她的背影鞠了一躬，瞌睡連續叫了兩次。

「爸爸，你真是太讓我失望了。」

「怎麼了？」流翻著小石記錄的筆記本問。

「我還以為你聽了之後，一定會說，沒問題，那我可以三天之內搞定。你忘了媽媽那時候的事嗎？」小石斜眼狠狠瞪著流。

「五毫米、三毫米……。」流繼續翻著筆記本，好像根本沒有聽到小石說話。

「爸爸，你有沒有在聽我說話？」小石拍著流的背。

「即使只是食物中毒，也會對店家產生負面影響，如果造成死亡，那更不得了。」

「你在自言自語什麼？」小石瞪著流。

「爸爸明天要去山口縣一趟。既然難得去那裡，我會去湯田溫泉住一晚。我可以帶溫泉饅頭回來給妳當伴手禮，妳好好看家。」流闔起了筆記本，站了起來。

「既然難得去那裡，就買河豚火鍋的食材回來當伴手禮啊。」小石鼓著臉頰說。

「我哪會這麼奢侈？」這次換流拍向小石的後背。

✿

遠方的九州已經傳來櫻花盛開的消息，但京都的櫻花仍然含苞待放。

預測櫻花綻放的時間和往年相同，大約半個月後，才會進入賞花的最佳時機。但是，觀光客可能想要搶先感受京都的春天，紛紛湧入東本願寺一帶，被認為一刻值千金的春宵也即將到來。

正面通和烏丸通的交叉路口車水馬龍，正在等紅燈的須也子今天也穿了櫻花粉色的洋裝，外面搭配了白色薄料開襟衫。和兩個星期前相比，她不僅衣著的色彩變得亮麗，就連臉上的表情也開朗了些。

紅燈轉綠，須也子向東邁開了一大步。

「午安，我記得你叫瞌睡，對不對？」須也子來到食堂門口後蹲了下來，摸著躺在那裡的瞌睡的頭。

喵嗚。瞌睡叫了一聲，跳到須也子的腿上。

「瞌睡，趕快下來，會把客人身上的衣服弄髒。」小石聽到動靜後走了出來。

「沒關係，反正這是平時穿的衣服。」

「妳先生的情況怎麼樣？」小石小心翼翼地問。

「他還是老樣子。」須也子的嘴角露出一絲笑容。

「歡迎光臨。」一走進店內，流等在那裡。

「拜託你了。」須也子鞠了一躬。

「我另外準備了給妳先生吃的份，先請妳在這裡嘗一嘗。」流拉開了椅子。

「謝謝。」須也子在鐵管椅上坐了下來。

「在妳用餐之前，請讓我先說明一件事。那就是妳先生岡江傳次郎先生為什麼決定開炸豬排店。」流一臉嚴肅地說了起來。

須也子挺直了身體聽著。

「我去見了曾經在『河豚傳』擔任二廚的增田先生，我透過各種管道調查後，發現增田先生目前在博多。他在為自己犯的錯付出代價之後，在天神開了一家小餐館。妳知道這件事嗎？」

「不，在那家店歇業時，他曾經來向我打招呼，之後就沒再見過他。」

須也子有點驚訝地瞪大了眼睛。

「他在岡江先生的協助下，在博多開了一家小餐館，目前也勉強維持經營。」

「岡江協助他……。」須也子小聲嘀咕。

「岡江先生似乎也交代他，以後不要再聯絡，所以應該沒告訴妳。增田先生也完全不知道岡江先生在京都開了炸豬排店。」流出示了一張開在小路深處的小型日本料理店的照片。

「你特地去了博多。」須也子微微向他鞠躬。

「因為我爸爸最重視實地考察。」小石開心地插嘴說。

「增田先生說，他並不意外。」

「不意外？」須也子尖聲問道。

「岡江先生曾對增田先生說，希望有朝一日，能夠開一家炸豬排店。雖然當時只是開玩笑，但他之所以會說這句話，好像是因為妳曾經稱讚過他炸的豬排。」

「我稱讚他……。」須也子露出驚訝的表情。

「小石，妳可以開始動手做我交代的事了。」

小石點了點頭後走向廚房，流又端坐在須也子面前。

「他即使帶店裡的員工餐回家，妳通常都不會說什麼，既不說好吃，也不說不好吃，總是淡然地吃下去。但是，只有帶炸豬排回家時不一樣，妳還記得嗎？」流正視著須也子。

「不好意思……。」須也子小聲地說。

「妳對他說，原來炸豬排這麼好吃。據說妳當時對他這麼說，岡江先生眉開眼笑地告訴增田先生，而且不止一、兩次，只要一有機會，他就會向增田先生炫耀這件事。他很得意地說，妳向來不喜歡吃肉類這種油膩料理，連妳也讚不絕口，無論在哪裡開店，都會得到認同。增田先生充滿懷念地告訴我這件事。」

「原來是這樣啊。」須也子輕輕嘆了一口氣。

「他看到妳這麼享受他炸的豬排，一定感到特別高興。」

「我不會主動吃油炸的食物，更不會自己在家裡炸東西吃。」

「岡江先生應該骨子裡就是個廚師，即使收掉了河豚料理的店，仍然選擇了提供美味料理，讓別人感到幸福的工作。」流對須也子說。

「我完全不記得自己說過的話。」須也子低頭看著桌子。

「廚師一定會記得別人說他做出來的餐點好吃，而且感到開心。」流注視著須也子的眼睛。

「差不多快炸好嘍。」小石從廚房探出頭說。

「炸豬排還是現炸的最好吃，我馬上來準備。」流慌忙站了起來，把漆器餐盤放在須也子面前，又把筷子和小碟子放在餐盤上。

「謝謝。」須也子也正襟危坐。

「因為光靠我自己的記憶完全沒把握，所以我也找了很瞭解岡江先生的人來幫忙，我認為幾乎完美地重現了當時的味道。」流在三個小碟子裡倒了醬汁。

「這是？」須也子把鼻子湊到小碟子前。

「『勝傳』會提供三種醬汁，右側是甘口醬汁，中間是辛口醬汁，左側是柚子醋醬汁。每份豬排會切成六塊一口大小的分量，大部分客人都會用兩塊各蘸一種醬汁品嘗。我等一下再詳細向妳說明這些醬汁的配方。」

「請妳趁熱吃剛炸好的豬排，因為現在離晚餐時間還早，所以就沒有為妳準備白飯。」小石把立杭燒的圓形盤子放在須也子面前。

「這個盤子真有品味。」須也子仔細打量後，合起雙手，拿起筷子。

小石和流退到廚房門口，悄悄觀察著須也子。

須也子把第一塊蘸了柚子醋醬汁後送進嘴裡，咀嚼了兩、三次，感受到香脆的口感後，臉上露出了笑容。

「好吃。」她情不自禁地說了這句話。

第二塊蘸了中間的辛口醬汁，放進嘴裡前，她先用鼻子嗅聞了一下，點了點頭後，緩緩咬了起來。第三塊蘸了甘口醬汁後送進嘴裡。她重複了以上的步驟，不時搭配一些高麗菜絲，轉眼間，就把六塊炸豬排都吃完了。

「謝謝款待。」須也子放下筷子，鞠了一躬，對著圓盤子合起雙手。

「這就是妳先生的炸豬排味道。」流在須也子對面坐了下來。

「在和我離婚之後的二十年，他的人生一直和炸豬排相伴，和口感這麼清爽的炸豬排……。」須也子的雙眼一直注視著盤子。

「不光是炸豬排，醬汁的口感也很清爽吧？我想妳應該馬上就猜到使用了哪一種食材提味。」

「是苦橙嗎？」須也子微微抬起頭。

「沒錯，他使用了山口縣產的苦橙。甘口的醬汁加了熬煮的苦橙醬，辛口醬汁加了苦橙胡椒，柚子醋醬汁裡加了苦橙汁。」

「看來他無法忘記故鄉的味道。」站在旁邊的小石插嘴。

「柚子醋醬汁和河豚生魚片的蘸醬一樣，沒想到用來蘸炸豬排也很好吃。」須也子用小拇指蘸了柚子醋醬汁後，用舌頭舔了一下。

「裡面還加了少許大蒜，吃河豚生魚片時會加蔥絲，我想應該是相同的作用。」流眯起眼睛說。

「你怎麼有辦法重現這種醬汁？」須也子直視著流問。

「增田先生提供了關鍵的線索，而且他也努力回想之前員工餐的炸豬排。通常員工餐不是由老闆做，而是由其他人做，但是只有炸豬排，是岡江先生親自做的。在得到你的稱讚後，他每次都改用不同的醬汁。」流告訴須也子。

「所以才會有這些……。」須也子拿起立杭燒的空盤子，充滿憐愛地撫摸著。

「我相信妳剛才吃了之後也發現，『勝傳』的炸豬排麵衣很獨特，雖然好像是生麵包粉，但吃起來又好像有不同的口感。那是岡江先生向附近的麵包店訂購的麵包粉，在其他地方都買不到。」流把裝了麵包粉的調理盆放在桌上。

「……」須也子默默把盤子放回桌上，然後，用雙手親觸，感受麵包粉的質地。

「『勝傳』附近有一家名字是『柳日堂』的麵包店，他用來炸豬排的麵包粉，都是特別向那家店訂。我也從那家店老闆口中，打聽到和『勝傳』當時的炸豬排有關的事。」流喝了一口茶，休息了一下。

「摸起來有濕潤的感覺，但是質地又很細膩。的確很像生麵包粉，但是感覺更乾。」麵包粉從須也子的手指縫隙掉了下來。

「這些麵包粉的顆粒是五毫米，但是岡江先生認為三毫米更理想，因為妳那次說好吃的炸豬排，使用的是三毫米的麵包粉。當顆粒比較細時，口感更柔順，但是，對喜歡吃炸豬排的人來說，這種口感不過癮。他經常和麵包店老闆討論這件事。」流把麵包粉放在手掌上。

「只不過相差兩毫米而已。」須也子露出難過的眼神，用指尖把玩著麵包粉。

「我把調查到的食譜寫了下來，麵包粉同時使用了三毫米和五毫米這兩種規格。豬肉的話，根據我的記憶，應該是岐阜縣的『養老豬』。炸豬排的油是太白的胡麻油和荷蘭的沙拉油各一半。」流把裝在透明文件夾內的十幾頁報告紙交給了須也子。

小石聽到流說完後，把紙袋放在桌子上。

「雖然我覺得讓妳把炸好的豬排帶回去比較好，這樣妳先生馬上就可以吃了，但是我爸爸說，必須現炸現吃，所以請妳帶回去再炸。雖然有點麻煩，但是炸的油和醬汁也全都在裡面。」

「謝謝你們這麼費心，請問要怎麼收費？」須也子打開了皮包。

「請將符合妳心意的金額匯入這個帳戶。」小石把寫了匯款帳號的便條紙交給了須也子。

「萬分感謝，我相信我先生也一定會很高興。」須也子向他們父女深深鞠躬。

「這段日子辛苦妳了。」流握著須也子的手。

「謝謝你。」須也子也用雙手握住了流的手，用力握了好幾次。

小石用小指擦了擦眼角的淚，打開了拉門，瞌睡也喵喵喵叫了起來。

「瞌睡，也謝謝你，我以後還會來看你。」須也子彎下腰對瞌睡說。

「如果妳先生生氣地說，才不是這種味道，再請妳告訴我，我會請爸爸重做。」小石對須也子說話時，淚水在她的眼眶中打轉。

「早知道他不應該開河豚料理店，開炸豬排店就好了。」須也子咬著嘴唇。

「那妳父親一定不會同意你們結婚。」流露出淡淡的笑容說，須也子深深鞠了一躬，沿著正面通往西走。

「太太。」

須也子聽到流的叫聲，停下腳步，轉頭看著他。

「請妳一定要炸得很好吃。」

須也子深深鞠了一躬。

「真希望須也子女士的老公會對炸豬排感到滿意。」小石在收拾桌子時說。

「是啊。」流冷冷地應了一聲。

「但是，你應該可以更早完成吧？我想須也子女士一定每天都提心吊膽。爸爸，你忘了沒辦法見到媽媽最後一面……。」

「小石。」流打斷了小石的話，在椅子上坐了下來。
「幹嘛？」小石嘟著嘴，在對面的椅子上坐了下來。
「已經去世的人沒辦法吃炸豬排。」流小聲嘀咕。
「啊？他什麼時候去世的？」小石瞪大了眼睛。
「我不知道他什麼時候去世，但是須也子女士上上週來這裡的時候，應該就已經去世了。」流仍然低頭看著桌子說。
「這是什麼意思？」小石用責備的語氣問他。
「妳看了那張病房的照片，完全沒發現嗎？」
小石聽了流這句話，納悶地歪著頭。
「窗外不是拍到了東福寺的院落嗎？剛好是紅葉開始的季節。」
小石大吃一驚，挺直了身體。
「所以無論怎麼看，都是十一月初，再加三個月的話……。」小石掐指計算後，洩氣地垂下了肩膀。
「她漂亮的手指上有好幾處燙傷的痕跡，那是被油濺到的痕跡。不僅如此，向來喜歡油膩食物的瞌睡經常黏著她，八成是因為她衣服上有油炸食物的味道。」

「所以她可能自己炸豬排……。」

流聽了小石的話，用力點了點頭。

「我想她應該自己試了很多次，但是仍然炸不出『勝傳』的豬排。」

「原來是這樣啊。」小石用低沉的聲音說。

「我認為她其實很想和她丈夫一起吃，很希望兩個人一起吃『勝傳』的炸豬排，相互說著『真好吃』。她是基於這種想法，才會說『我想讓我老公吃』這句話。」流瞇起了眼睛。

「原來須也子女士並不是說謊。」小石點了兩、三次頭。

「也許在祇園祭的時候，『勝傳』就會開張。」流興奮地說。

「你說她會繼承離婚超過二十年的前夫的料理？我認為她不可能放棄鋼琴老師的工作，去開什麼炸豬排店。」小石一笑置之。

「夫妻之間，沒有妳想的那麼簡單。正因為離了婚，才能夠做各自喜歡的事。也有些夫妻是為了對方著想，才決定離婚。」流緩緩站起來。

「夫妻喔，反正我是不懂啦。」小石聳了聳肩。

「即使離了婚，即使天人永隔，夫妻的感情都不會斷。掬子，妳說對吧？」流走去客廳，對著佛壇露出了好像春天陽光般溫暖的笑容。

第五道　拿坡里義大利麵

ナポリタン

美月明日香走出京都車站烏丸出口，抬頭看著被煙雨籠罩的京都塔。她微微皺了一下眉頭，用力打開了塑膠雨傘。

雖然知道目前是梅雨季節，下雨也是無可奈何的事，但還是帶著遺憾的心情抬頭看向天空。

從天空一直線掉落的雨滴，重重打在地上後濺了起來。烏丸通上到處都是水窪。

明日香閃避水窪，時左時右地蛇行往北走，很快就看到了被雨霧繚繞的東本願寺。她從紅色風衣口袋中拿出了便條紙，用右側臉頰和肩膀夾住了雨傘的握把。

確認了地圖後，她快步過了馬路。

這是明日香第三次來京都，第一次是國中時的修學旅行，第二次是和祖父知一郎同行。在她的記憶中，兩次都去了很多寺院和神社。她背對著東本願寺，沿著正面通往東走時，耳邊響起了知一郎溫柔的聲音。

「該不會是這裡？」明日香在一棟看起來像歇業商鋪，卻毫無美感可言的水泥房子前停下了腳步，兩道眉毛皺成了八字形。

像落水老鼠般灰色的兩層樓房子沒有招牌，也沒有掛暖簾，明日香半信半疑地打開了拉門。

「歡迎光臨。」一個身穿白色衣服、牛仔褲的年輕女人態度冷淡地向她打招呼。

「請問這裡是鴨川食堂嗎？」明日香打量著樸素的店內問。

「是的。」

「那請問鴨川偵探事務所在哪裡？」

「原來妳是偵探事務所的客人。偵探事務所在裡面，我是所長鴨川小石。」小石向明日香鞠了一躬。

「我叫美月明日香，想委託你們幫我尋找『那一味』。」明日香脫下了紅色雨衣，向小石鞠了一躬說。

「妳好，可以請妳坐在這裡稍候片刻嗎？」小石把餐具疊在一起，放在托盤上。

店內沒有客人，但是到處可以看到客人才剛離開的痕跡。明日香在遠離這些碗盤的鐵管椅上坐了下來。

「客人嗎？」一名身穿白色廚師服的男人從廚房走了出來。

他是鴨川食堂的老闆鴨川流。

「她是偵探事務所的客人。」小石在擦桌子的同時回答。

「妳肚子會不會餓？」流問明日香。

「可以在這裡用餐嗎？」

「初次上門的客人，只提供主廚特選餐，如果妳可以接受的話。」

「我不挑食，對食物也沒有過敏，無論吃什麼都覺得很好吃。」明日香站起身，鞠了一躬。

「因為今天晚上來用餐的客人希望多吃幾道好吃的料理，但分量要少一點，我多做了一些，可以馬上為妳準備。」流小跑著回去廚房。

「外面在下大雨，妳冒雨從哪裡來？」小石仔細擦拭著明日香面前的桌子。

「濱松。」明日香簡短地回答。

「妳是叫明日香吧？妳是怎麼找到這個地方？」小石用清水燒的茶壺為她倒水。

「我爸爸和媽媽開了一家小居酒屋，家裡隨時都有《料理春秋》這本雜誌。我一直對『尋找那一味』那行廣告很感興趣。」

「妳靠那行廣告就找到這裡嗎？真是太有緣分了。」

「起初我連地點在哪裡都完全不知道……。我鼓起勇氣打電話去編輯部，主編接了電話，聊了很久之後，主編才終於給了我特別提示，我才有辦法找到這裡。」

「在濱松開居酒屋嗎？一定有好吃的鰻魚。」

「雖然也有提供鰻魚，但我們店裡最受歡迎的是餃子。」明日香喝了一口茶。

「濱松是餃子聖地。」流把料理放在托盤上送了過來。

「濱松已經超越宇都宮，成為日本餃子第一大城。」明日香得意地說。

「鰻魚和餃子，我都很喜歡。」小石把半月狀的漆器餐盤放在明日香面前，然後又放上了款待最高級客人時使用的利休筷。

明日香原本覺得這裡既然是食堂，應該只是提供家常料理，看到眼前的餐具，有點手足無措。她向來不喜歡拘謹的場合，但總覺得等一下可能會吃到最正統的京都料理。

「不好意思，我不太懂餐桌禮儀。」明日香縮著肩膀說。

「妳只要輕鬆享用就好。」小石用噴霧器在漆器餐盤上噴了水霧。

「在京都，即使像我們這種普通的食堂，也很重視季節的儀式感，希望客人能夠充分享受。因為夏天快到了，正如小石剛才說的，妳可以輕鬆享用。」

那好像叫豆皿。流把比明日香的掌心更小的小碟子，從托盤上放到她眼前的餐墊上。

「好可愛啊。」明日香忍不住脫口說道。

「這些餐盤有古董，也有西式的，還有現代陶藝家的作品，種類很豐富。」漆器餐盤上綻放出五顏六色的花朵。明日香伸出手指數了一下，總共有十二個。

「左上方的菜是將明石鯛魚生魚片切成細絲後拌山椒嫩芽，請蘸柚子醋後享用。賀茂茄子的田樂燒切成一口的大小。舞鶴的鳥蛤夾了蘘荷，甘醋漬小鰭做成小袖棒壽司，香炸早生松茸，白燒和蒲燒兩種口味的海鰻源平燒。萬願寺辣椒天婦羅。鮑魚用西京味噌醃漬後再烤。魚素麵、鞍馬煮土雞、燻鯖魚夾松仁、生豆皮拌柴漬醬菜。所有料理都只有一口的分量，應該很適合女性。等一下星鰻飯煮好後，我會再送上來，請慢用。」流說明完桌上的料理後，把托盤夾在腋下。

「我第一次吃這種料理，到底該從哪一道開始吃？」明日香露出興奮的眼神。

「妳只要用自己喜歡的方式吃喜歡的食物就好。」流鞠了一躬後走回廚房。

「開動了。」明日香一臉認真的表情合起雙手，再拿起筷子。她夾起鯛魚蘸了柚子醋後，忍不住叫了起來。

「這個真好吃。」她立刻在香炸早生松茸上撒了鹽，送進嘴裡，用力點著頭。

「因為很燙，吃的時候請小心。」流把鍋蓋縫隙中冒著熱氣的土鍋放在桌子上。

「好香啊。」明日香用力吸著鼻子。

「鰻魚固然好吃，但口感清爽的星鰻也很不錯。這是明石的烤星鰻和山椒炊飯。」流拿起土鍋的蓋子，立刻冒出大量熱氣。

明日香用筷子吃著裝在小碗中的星鰻飯，臉上露出了柔和的笑容。

流見狀後，向她鞠了一躬。

明日香吃到第三道菜時，淚水在眼眶中打轉。當她吃到第五道、第七道時，淚水已經撲簌簌地流了下來。她一次又一次用手帕擦拭著眼角。

小石忍不住走過去蹲在她身旁問：「妳怎麼了？身體不舒服嗎？」

「因為太好吃了。對不起，我每次只要吃到好吃的東西就會流淚。」

明日香流著淚，露出了笑容。

「那就好。」小石收走空碟後，鑽過暖簾，走進了廚房。

流目不轉睛地打量著明日香。

明日香看著剩下的五個碟子。

雖然原本是來這裡尋找回憶中的那一味，但其實會不會是為了和這些美味料理相遇？這些料理深深打動了明日香的心，她忍不住產生了這樣的想法。

明日香充滿珍惜，又帶著不捨，吃完了所有的料理。

「妳還滿意嗎？」流算準了時間般，站在明日香身旁問。

「謝謝，這遠遠超過了好吃的程度，我有一種心潮澎湃的感覺。」明日香摸著胸口深呼吸。

「太好了。小石在裡面做準備工作，請妳再等一下。這是熱焙茶，請慢用。」流收走了空碟子，送上了萬古燒的茶壺，也為她換了茶杯。

鴉雀無聲的店內，只聽到明日香喝焙茶的聲音。她喝了一小口後輕輕吐氣，又連續喝了好幾口。

「讓妳久等了。」流站在她身旁。

「那就麻煩你了。」明日香站了起來。

流帶著她走在食堂後方的長走廊上，前往偵探事務所。

「這些照片？」明日香看著貼滿走廊兩側牆壁上的照片。

「大部分都是我做的料理。」流停下腳步，靦腆地說。

「這是你太太嗎？」明日香指著在白樺樹的樹蔭下喝酒的女人。

「這是她的最後一張照片，是在輕井澤拍的。在長野吃了她喜歡的蕎麥麵後，回到她喜歡的飯店，喝著她喜歡的葡萄酒。她是不是露出了『怎麼會有這麼幸福的時光？』的表情？」流的眼眶看起來有點濕潤。

明日香想不到這種時候該說什麼話，只能默默跟在流的身後。

「美月明日香小姐，聽起來好像藝名。」小石看著很有年輕女性特色的圓潤字體。她們面對面坐在茶几兩側。

「我小時候覺得自己的名字很丟臉。」明日香有點畏縮，淺淺地坐在沙發上。

「妳在遠州女子大學讀二年級，十九歲啊，青春正茂啊。」小石語帶羨慕地說。

「但我完全沒有這種感覺。」明日香小聲回答，聲音帶著一絲陰鬱。

「妳想要尋找『哪一味』呢？」小石翻開筆記本。

「我希望尋找和我爺爺一起吃過的義大利麵。」明日香直視著小石的雙眼。

「是什麼樣的義大利麵？」小石在筆記本上記錄。

「我想應該是拿坡里義大利麵，是加了番茄醬的味道，還有香腸。」

「那是我爸爸的拿手料理。是妳爺爺做給妳吃的嗎？」

「不，我從未吃過爺爺做的菜，那是我們去旅行時，在餐廳吃的。」

「妳爺爺真好。」

「因為我爸爸和媽媽都要上班，整天都很忙……。所以，我小時候都是爺爺照顧我。」明日香的臉上露出了笑容。

「請問他叫什麼名字？」

「知一郎。他叫美月知一郎。」

明日香聽到小石問爺爺的名字時，端正了姿勢回答。

「妳奶奶呢？」

「在我出生後不久就生病去世了，所以我幾乎沒有任何關於奶奶的記憶。」明日香的聲音聽起來有點低沉。

「你們去哪裡旅行時，吃了妳想要找的義大利麵？」小石拿著筆問。

「因為爺爺帶我去過很多地方，所以我完全不記得了。」明日香看著茶几。

「也不知道是哪一個縣嗎？」

明日香只能默默搖頭，回答小石的問題。

「爺爺三年前開始失智……。因為我完全沒想到會發生這種事，所以之前也沒有和他聊過關於那些旅行的回憶。」

「聽起來很虛無縹緲啊。不知道全日本有多少家餐廳供應拿坡里義大利麵。」小石仰頭看著天花板，嘆了一口氣。

「因為那時候我才五歲……，對不起。」明日香微微低下了頭。

「那可不可以請妳回想一下那次旅行？妳有沒有任何記憶？比方說，搭乘什麼交通工具，看了什麼東西。」小石用好像對幼兒說話的語氣問明日香。

「我們住在海邊的飯店。」明日香閉著眼睛，努力回想著。

「除了在海邊以外，還有沒有其他的？」小石停下筆問。

「住在那家飯店的隔天，我們搭了船。我記得好像是坐在車子上搭船。」明日香露出興奮的眼神。

「所以是渡輪嗎？」小石在筆記本上畫了兩條線。

「但是很奇怪，我們回家的時候是搭新幹線。我清楚記得，我們是搭新幹線回到濱松。」明日香說出了內心的疑問。

「是不是在中途租車？我爸爸也經常租車。」

「也許吧，我也記得好像不是爺爺的車子。」明日香點了點頭，似乎也同意這個意見。

「你們在海邊的飯店做了什麼？」

「……」明日香努力回想，拚命想要撈起似乎快要浮現，但又很快消失的記憶。

「你們搭船的時間有多久？」小石改變了發問的方向。
「我記得沒有很久，差不多就一、兩個小時而已。」
「航程很短嘛。」小石迅速記錄著。
「在抵達飯店前……，我記得好像有很多燈亮著。」明日香冥想著，繼續說了下去。
「是不是燈飾？」小石興奮地探出身體問，但明日香很沒有自信地歪著頭。
「好吧，那就先把旅行的事放一邊，妳可不可以回想一下義大利麵？在什麼樣的餐廳吃的，是什麼味道。」小石進入了正題，挺直身體，握著筆準備記錄。
「我剛才也說了，我記得是拿坡里義大利麵，是加了番茄醬的味道，上面有香腸。」
「聽起來是很普通的拿坡里義大利麵。」小石失望地嘀咕。
「黃色義大利麵。」明日香拍了一下大腿，大聲說道。

「黃色？拿坡里義大利麵不是紅色的嗎？」
「紅色和黃色混在一起……。」明日香看著天花板的某一點，似乎在努力挖掘記憶。
「有這種拿坡里義大利麵嗎？」小石雖然感到驚訝，但還是在筆記本上畫了草圖。
「還是我記錯了？」明日香的聲音變小了，似乎失去了自信。
「那家餐廳呢？妳是不是記得地點？餐廳的名字，或是整體感覺？五歲的孩子可能記不得吧。」小石不抱希望地問。
「我記得到了車站後，爺爺牽著我的手，走了很多路。」明日香似乎回想起知一郎掌心的溫暖。
「你們從車站走了一大段路，吃完之後，又回去車站嗎？」小石拿著筆問。
「吃完義大利麵後，我們就搭新幹線回家。我記得我一直在哭。」
「是太累了嗎？」小石笑著問。

「這也是原因之一，因為義大利麵太好吃了，所以……。」

「原來是這樣。妳剛才說，吃到好吃的東西就會流淚。」

「我覺得好像就是在那次吃義大利麵之後，我才開始吃到好吃的東西時會流淚。」明日香露出若有所思的眼神。「我只記得這些……。我記得當時嘴巴好像被燙到一樣，還有爺爺為一個很大的紅色瓶子拍照……。」

小石把明日香的喃喃自語記錄下來後問她：「既然妳爺爺拍了照，那可以看一下旅行時的照片。妳要不要找一下照片？」

「我們會懷疑爺爺得了失智症的契機，就是他開始把所有的東西都丟掉。重要的存摺、現金和印鑑全都丟進了垃圾袋，照片也被他……。」

明日香的聲音聽起來很沮喪。

「真可憐。」

「原本我、爸爸媽媽和爺爺一起生活，但是家裡重要的東西都被爺爺丟掉，所以前年就把他送去了安養院。」明日香的聲音聽起來很寂寞。

她的腦海中回想起一家四口一起生活多年的景象，知一郎喜歡喝酒，只要喝醉酒，心情就特別好。準備上床睡覺前，都會摸摸明日香的頭兩、三次。

「如果有照片，就不需要委託我們尋找了。只能試試看了，我爸爸一定能夠幫妳找到。」小石闔起了筆記本。

「拜託了。」明日香坐直了身體，深深鞠了一躬。

「但是，妳為什麼現在突然想要找這道義大利麵？」小石問。

「雖然我自己也想再吃一次，但我想讓爺爺吃。如果可以的話，我希望帶他去當時那家餐廳。」

「那倒是。」

「我現在去看他，他也認不出我是誰。」明日香低頭看著茶几。

「好，那一定要讓妳爺爺吃那道義大利麵，包在我身上。」小石拿起筆記本，用拳頭捶著自己的胸口。

「妳有沒有問清楚了？」坐在吧檯座位上的流收起了報紙。

「我的記憶很模糊。」明日香插嘴說。

「她想要找拿坡里義大利麵。爸爸，那不是你最拿手的料理嗎？」小石說。

「不能用我的料理方式嗎？」流笑著問明日香。

「如果很好吃，也不是不行。」明日香笑著回答。

「有沒有約了下一次的時間？」流問小石。

「我忘了。兩個星期後的今天可以嗎？」小石問明日香，明日香用力點頭後，走了出去。

「妳今天打算住京都嗎？」流看到明日香拿了一個大皮包。

「原本是這麼打算，但好像明天也會下一整天的雨，所以我還是回濱松好了。」

「下雨的京都也很不錯。」流看向下著雨的天空。

「還是下次再說吧。」明日香露出微笑。

「我一定全力以赴。」流看著明日香的眼睛向她保證。

「我很期待。」明日香鞠了一躬，走向東本願寺的方向。
父女兩人目送她離開後，回到了店裡。

「這一陣子每天都下雨，開始覺得有點煩了。」流坐在鐵管椅上。
「光靠這些線索，有辦法找到嗎？」坐在他旁邊的小石翻開筆記本，遞到流的面前。
「要試了才知道。」流拿出老花眼鏡，看著筆記本上的內容。
「是不是感覺很虛無縹緲？拿坡里義大利麵這種東西到處都有。」小石也探頭看著筆記本。
「海邊的飯店，還有渡輪。」流翻著筆記本。
「電燈。」流自言自語著。
「即使你再怎麼厲害，這次恐怕被難倒了吧……。」
「我明天要出門旅行。」流打斷了小石的話。
「什麼？你已經知道要去哪裡了嗎？」小石尖聲叫了起來。

「我已經大致知道他們去哪裡旅行了，問題在於有沒有她說的那家餐廳。」流抱起了雙臂。

「搞什麼啊，原來你還不知道是哪家餐廳。」小石的聲音頓時變得很沮喪。

✿

「果然還是下雨。」明日香走出京都車站的烏丸口，微微聳了聳肩。

因為梅雨季還沒有結束，所以京都下雨也很正常。她沿著烏丸通往北走，這麼告訴自己。

打在雨傘上的雨聲越來越大。她站在那裡等紅燈時，打在地上的雨滴又濺到她的腳上。

她站在「鴨川食堂」門口，收起了雨傘，用力深呼吸。

「歡迎光臨，今天又下雨了。」小石打開拉門，迎接了明日香。

「妳好，我又來打擾了。」明日香脫下紅色雨衣，掛在牆壁的掛鉤上。

不知道是不是過了中午用餐時間，客人變少了。一路上店家空蕩蕩的跡象仍然存在。上次也是這樣，但沒有看到任何顧客。明日香再次感覺到這是一家神祕的店。

「要不要擦一下？」小石遞給她一條毛巾。

「謝謝。」明日香擦了絲襪上的水滴。

「妳是不是餓了？我馬上為妳準備。」流從廚房走出來後，拿下了白色廚師帽。

「麻煩你了。」明日香鞠了一躬後站直了身體。

流面帶笑容，走回了廚房。

明日香把毛巾交還給小石後，在鐵管椅上坐了下來。

「妳爺爺還是老樣子嗎？」小石拿著清水燒的茶壺為她倒茶。

「我前天去看他，他還是不知道我是誰。」明日香愁眉不展地說。

「讓妳難過了。」小石表示同情。

廚房內傳來平底鍋翻動的聲音，飄出了香噴噴的味道。小石調整了心情，把粉紅色餐墊放在明日香面前，再把叉子放在餐墊上。

「小石，差不多完成了，妳可以幫她繫上圍裙嗎？」流在廚房內大聲叫著。

「因為要避免妳衣服弄髒。」小石站在身穿米色洋裝的明日香身後，為她繫上了白色圍裙，然後在脖子後方打了一個結。

明日香有點納悶，不知道接下來會發生什麼事。

「讓妳久等了。」流拿著銀色托盤，快步走了過來。

「醬汁會濺出來，所以妳吃的時候要小心。」流把盛在木盤上的圓形鐵板放在餐墊上，立刻聽到鐵板發出了滋、滋、滋的聲音。

明日香的身體忍不住向後仰。

「請趁熱享用，小心今天不要燙傷了。」站在明日香身旁的流笑著對她說。

「這就是……。」明日香瞪大了眼睛。

「妳想起來了嗎？妳和妳爺爺一起吃的，應該就是這道義大利麵，請妳好好享用。」流將Tabasco辣椒醬的瓶子放在桌上後，把銀色托盤夾在腋下，走回廚房。

「我把冰水放在這裡。」小石把裝了冰水的杯子和水壺放在桌上後，也跟著流走進了廚房。

熱熱的鐵板上是加了番茄醬的紅色義大利麵，但是，下方鋪了一層蛋皮，所以黃色很醒目，上面放了三條縱向切開的香腸。明日香合起雙手，急忙拿起了叉子。

「好燙。」明日香把義大利麵一放進嘴裡，立刻皺起了眉頭。

盛在鐵板上冒著熱氣的義大利麵很燙，和普通的義大利麵完全無法相比。雖然她的嘴巴快被燙到了，但是因為太好吃了，她無法停下來。

「好吃。」明日香小聲嘀咕著，用叉子一口接著一口吃了起來。

她用叉子叉起香腸送進嘴裡，香脆的香腸皮頓時爆開了。蛋皮漸漸變熟，她用蛋皮包起義大利麵後送進嘴裡。

「簡直就像蛋包飯。」明日香自言自語著，淚水順著她的臉頰滑落。

她滿腦子回想起和知一郎共度的時光，小學的入學典禮，上了國中、高中之後，陪在她身旁的不是父母，總是爺爺知一郎。

「看來這就是妳要找的『那一味』。」流從廚房走了出來。

「對。」明日香簡短回答後，拿出手帕擦拭著眼淚。

「這道義大利麵的正確名字並不是拿坡里義大利麵，而是義式義大利麵。名古屋一家名叫『主廚』的餐廳供應這道義大利麵，但是那家餐廳的招牌菜是『濃汁義大利麵』。」

「原來是名古屋。」明日香聽到這個地名似乎感到很意外。

「你們當時旅行的路線應該是這樣。」流把地圖攤在桌子上後，繼續說明。

明日香和小石都探頭看著地圖。

「我猜想你們當時旅行的目的地是三重縣的鳥羽，妳爺爺應該帶妳去了水族館。通常小孩子都很喜歡去那裡。妳說你們住在海邊的飯店，然後搭了船，我認為就是這樣的行程。」流在地圖上畫了紅線。

「我們住在伊良湖嗎？」明日香問道，她感到很不可思議。

「妳說看到了燈，我想應該是電照菊花。」

「電照菊花？」明日香和小石異口同聲叫了起來，然後互看了一眼。

「那是渥美半島的特產或者說是名產。在溫室中栽培菊花時，一整晚都會以燈光照在菊花上，用這種方式調節開花的時期，這樣看的話，是不是很美的夜景？」流在平板電腦的螢幕上滑了一下，出示了電照菊花的照片。

「是這種感覺嗎……？」明日香半信半疑。

「你們因為某種因素在深夜出發，妳爺爺可能想讓妳搭船，他在豐橋租了車子，在伊良湖住了一個晚上。隔天搭渡輪去鳥羽，玩了一天之後，開車回到名古屋。我想這就是你們那次的行程。」

「電照菊花嗎？聽你這麼一說，我想起以前好像在學校學過。」小石抱著雙臂，點了點頭。

「你們從鳥羽沿著伊勢灣開車北上，到了名古屋之後，還了租車，搭新幹線回濱松。在回濱松之前，去了那家義大利麵的餐廳。妳爺爺不是很愛美食嗎？我猜想他計畫最後去那家餐廳，作為旅行的最後一站。那是小孩子愛吃的餐點，他一定想讓妳嘗一嘗。」流的手指在螢幕上滑動，螢幕上出現了餐廳的照片。

「是這家餐廳嗎？」明日香深有感慨地瞇起眼睛。

「很多人特地在名古屋轉車時多留一點時間，就是為了去那家餐廳。那道義大利麵並不是拿坡里義大利麵，而是義式義大利麵。把蛋汁鋪在鐵板上，再把拿坡里義大利麵放在上面，在名古屋稱為義式義大利麵。妳印象中的黃色，應該就是蛋汁。妳爺爺拍的那個紅色瓶子就是這個，

Tabasco 辣椒醬的巨大瓶子。我也忍不住用數位相機拍了一張。」流不停地滑著照片，向明日香說明。

「原來是 Tabasco 辣椒醬。」明日香拿起 Tabasco 辣椒醬的小瓶子，和螢幕上的照片比較著。

她再度拿起了叉子，吃著鐵板上剩下的義大利麵。她把黏在鐵板上的蛋也都刮了下來，把義大利麵吃得一根不剩。

她注視著空鐵板片刻，最後合起了雙手。

「謝謝款待。」

流看她吃完後問：「妳爺爺今年幾歲了？」

「上個月滿七十五歲。」明日香回答。

「那還很年輕，這道義大利麵一定可以成為某種契機。」

「希望如此。」明日香小聲回答。

「帶妳爺爺去那家餐廳當然最理想，如果無法成行，妳可以自己親手做給他吃。我為妳準備了鐵板和所有的食材，雖然稱不上是食譜，我也把製作方法寫下來了。」流向小石使了一個眼色，小石立刻把紙袋放在明日香旁邊。

明日香瞇起眼睛，最後終於下定決心站了起來，向他們父女深深鞠了一躬。

「萬分感謝。請為我結帳。」明日香從皮包裡拿出皮夾。

「請將符合妳心意的金額匯入這個帳戶。」小石遞給她一張便條紙。

「好，我回去馬上匯錢。」

「妳還是學生，只要能夠表達心意就好，千萬不要打腫臉充胖子。」小石笑著對明日香說。

「謝謝妳的貼心。」明日香向他們父女鞠了一躬，穿上紅色雨衣，打開了拉門。

「不行！你不可以進來。」小石制止了踩在門檻上的虎斑貓。

「牠好可憐，都被雨淋濕了。牠叫什麼名字？」明日香蹲了下來。

「牠叫瞌睡。因為牠整天都閉著眼睛，好像在打瞌睡。」小石也在明日香旁邊蹲了下來。
「雨好像停了。」流對著天空伸出了手掌，天空中透出淡淡的陽光。
「我可以問一個問題嗎？」明日香站起來，直視著流的眼睛。
「什麼問題？」流也看著她的眼睛。
「我和爺爺一起吃過很多料理，你覺得我為什麼對那道義大利麵印象特別深刻？」明日香問。
「以下只是我的推測」流停頓了一下後，繼續說了下去，「那是妳五歲之後，妳爺爺把妳當成大人的第一次旅行。」
明日香聽了流的話大吃一驚，瞪大了眼睛。
「之前妳都是和爺爺一起吃同一份餐點，從那次旅行之後，他把妳當成一個大人。最好的證明，就是他讓妳自己吃一份義大利麵。妳的面前有一份只屬於妳的餐點，妳一定對這件事感到很高興。」
「……」明日香努力想要說點什麼，但是完全想不出來。
「妳每次吃到好吃的東西就會流淚，應該也是基於相同的理由。我相信不只是因為吃美食很開心，更因為妳充滿了感恩，或是覺得爺爺教會了妳重要的事，然後無意識地留在妳的記憶深處。」

明日香聽了流的話，忍不住熱淚盈眶。

「代我向妳爺爺問好。」小石笑著對明日香說。

「謝謝你們。」明日香深深鞠了一躬，邁開了步伐。

流和小石目送她的背影離去。

「爸爸，你太厲害了，竟然可以找到。」回到店裡後，小石開始收拾。

「對五歲的孩子來說，那次的旅行一定很快樂。照顧孩子長大的並不是只有父母而已。」流說完後喝著茶。

「我從來沒有和爺爺一起旅行的經驗。」小石停下了正在收拾的手，眼神放空。

「妳爺爺比我更像工作狂。如果向他抗議，他就會說什麼『一旦當了警察，就如何如何』，然後開始長篇大論說教，我也從來沒有和他一起去旅行的經驗。」流往客廳走去。
「我也幾乎沒有和你一起去旅行的經驗，每次都是和媽媽兩個人。」
「當警察全年無休。妳爺爺都那麼說了，在掬子變成那樣之前，我從來都不顧家。」流坐在佛壇前。
「你把家裡所有的大小事都交給媽媽，媽媽真的是賢內助。無論是迪士尼樂園還是動物園，去海邊或是爬山，去哪裡都只有我和媽媽兩個人，但是，我從來不會感到寂寞。媽媽，我每次都很高興。」小石坐在流的身旁，也對著佛壇合起了雙手。
「今晚找個餐廳，去吃好吃的義大利麵。」流上完香之後站了起來。
「我想吃你做的拿坡里義大利麵，好久沒吃了。」小石抬眼看著流。
「妳的嘴巴真甜，好，反正剛好有鐵板，就來煮那道義式義大利麵。」流挽起了袖子。
「鐵板不是給了明日香小姐了嗎？」小石站起來問。
「我買了五個一組，給了她兩個，所以還剩三個。怎麼樣？妳要叫阿浩一起來嗎？」

「不錯啊，就這麼辦。我去買好喝的紅酒。」小石解下了圍裙。

「便宜的就好，今晚重量不重質，掬子看起來也很想喝。」流把皮夾交給小石，轉頭看著佛壇。

第六道　馬鈴薯燉肉

肉じゃが

一年之中，春季和秋季這兩個旅遊旺季，是京都最擁擠的季節。尤其因為花開花落，花的壽命很短，所以觀光客會在短時間內湧入京都，說整個京都被擠得水泄不通的說法一點都不誇張。

中午過後，東本願寺前的廣場，也有許多遊客抬頭欣賞櫻花，舉起手機拍個不停。

拍下那些櫻花到底要幹嘛呢？身穿西裝的男人不時歪著頭，似乎完全難以理解。

那些遊客拍完紀念照後，人潮又湧向被稱為賞櫻祕境的枳殼邸。男人手上拿著地圖，隨著人潮沿著正面通往東走。不一會兒，就在右側看到了一棟像是店家的房子。

「這裡嗎？」男人看了看眼前這棟兩層樓的水泥房子和手上那張手繪的地圖，從打開一半的窗戶向店內張望。

一名老婦人正坐在餐桌前優雅地用餐，站在她身旁那個穿白色廚師服的男人應該就是廚師。店內沒有其他客人。

「你好，請問鴨川流先生在嗎？」

「我就是。」流轉過頭，忍不住打量著這個男人的儀容。

他一身做工考究的細條紋深藍色西裝，腋下夾著 Bottega Veneta 的手拿包，一雙棕色尖頭靴閃著愛馬仕特有的光芒。

「不好意思？咦？這是山菜天婦羅嗎？看起來太好吃了。」男人一走進店內，瞥了一眼老婦人面前的盤子，脫下外套，掛在椅背上。

「請問你是哪一位？」穿著白襯衫、黑色牛仔褲、繫著黑色半身圍裙的鴨川小石訝異地問。

「忘了自我介紹，我是伊達久彥，是大道寺介紹我來這裡。」男人恭敬地遞上了名片。

「原來你就是伊達先生，茜曾經向我提過，說你會來這裡。伊達實業……。」流接過名片，仔細打量著。

「原來妳就是小石小姐，大道寺經常提起妳，本人果然是漂亮小女生，而且比她形容的更漂亮。」久彥向小石拋了一個媚眼。

「我已經不是小女生，而是大嬸的年紀了。妙姨，妳說對不對？」小石的臉脹得通紅，拍了拍來栖妙的後背。

「你這個人是怎麼回事啊？別人在吃飯，你會不會太聒噪了？」穿著紫藤色和服、繫著灰綠色腰帶的妙不假辭色地說。

「很抱歉，因為天婦羅看起來太好吃了，還看到這麼漂亮的小女生，所以有點太激動了。」久彥深深地鞠了一躬。

「你這種像薄棉紙一樣輕浮的話語，在京都派不上用場。」妙用筷子夾起了夾果蕨嫩芽，放進天婦羅蘸醬。

「你肚子會餓嗎？」流插嘴問。

「不好意思，我沒有打電話預約就上門，請問有什麼吃的嗎？」久彥摸著肚子。

「初次上門的客人，只提供主廚特選餐，如果你能夠接受的話。」

「那就麻煩你了。」

流把名片放在桌子上，掀開暖簾，走進了廚房。

「請坐。」小石拉出紅色椅面的鐵管椅。

「沒有招牌，店裡也沒有菜單。雖然大道寺向我這麼說明，但是這家店比我想像中更加不可思議。」久彥坐下之後，東張西望地打量著店內。

「請問你和茜姐是什麼關係？」小石把茶杯放在久彥面前。

「我收購了包括大道寺擔任主編的《料理春秋》雜誌在內的整家出版公司，因為目前出版社的經營都陷入了困境。」久彥一派輕鬆地說，慢條斯理地喝著茶。

「伊達實業是什麼樣的公司？」小石斜眼瞥著那張名片，用抹布擦著桌子。

「我的公司做各式各樣的生意，從金融到不動產，從餐飲到出版，所有生意都做。」

「CEO……。」小石拿起名片。

「就是行政總裁，日本通常稱為會長。」久彥在喝茶的同時滑著手機。

「你這麼年輕，就當了會長嗎？」小石看了看久彥，又看向名片。

「小石，可以給我少許抹茶嗎？」妙放下筷子對小石說。

「現在就要喝抹茶嗎？還有其他菜沒有上。」小石轉頭看著妙問。

「不是，我是請妳拿一些抹茶粉給我。」

「妳是要抹茶鹽嗎？」鴨川流拿著喝日本酒用的白瓷高腳平口杯，從廚房走了出來。

「阿流果然厲害，馬上知道我在想什麼。」

「我應該一開始就為妳準備好才對。」流把高腳平口杯放在黑色漆器餐盤旁。

「也許是我的錯覺，總覺得今天的山菜苦味有點不足。」來栖妙在抹茶粉中加了鹽之後，夾起漉油菜的天婦羅蘸了抹茶鹽送進嘴裡。

「妙姐的舌頭果然靈光。妳說的沒錯，我也覺得苦味和香氣都不足，虧我還特別跑去大原深處的久多山上採。」流抱著雙臂，側著頭說。

「食材也都是你親自去採回來的嗎？」久彥把手機放在桌上。

「只有山菜和蕈菇類是去山上採的，因為市售的香氣太弱。」流轉頭對久彥說。

「不愧是京都，我越來越期待了。」

「餐點馬上就送上來。」流小跑著進廚房。

「雖然我不知道你是從哪裡來，但並不是京都所有的餐廳都這樣，這裡是與眾不同的餐廳。」妙看著久彥的臉提醒他。

「我是完全搞不清楚狀況的『東京俗』，廣島鄉下出生的鄉下人。」

久彥只有左側臉頰露出淡淡的笑容。

「年輕人常常誤會，廣島才不是鄉下，東京才是鄉下地方。」妙說完這句話，就背對著久彥。

「讓你久等了。既然年輕人肚子餓，所以我多準備了一些。」流把用青竹編的籃子放在久彥面前。

「簡直太猛了。」久彥雙眼露出興奮的眼神。

「因為剛好是這個季節，我就以賞花便當的方式呈現。懷紙上的都是山菜天婦羅，夾果蕨嫩芽、紅葉傘、艾草、楤木芽、漉油菜和牛尾菜。雖然也為你準備了抹茶鹽，但用天婦羅蘸醬也很好吃。生魚片是櫻鯛和短嘴水針魚，請你蘸柚子醋吃。烤物是味噌櫻鱒，燉菜是滷竹筍，味噌醋拌螢烏賊和海帶芽，還有燉了一整晚的近江牛，炸雞翅。今天的湯是蛤蜊筍片丸子湯，還有竹筍飯，也準備了白飯。如果感覺吃不夠，請隨時告訴我，廚房裡還有。請慢用。」

久彥聽著流的說明，上下左右移動著視線，不停地點頭，最後拿起了筷子。

「太豐盛了，真不知道要從哪一道開始吃。」

「我告訴你……。」

妙轉頭看向久彥的同時，久彥就開口說：「我知道，並不是京都所有的餐廳都這樣，這裡是與眾不同的餐廳。」

久彥對妙露出微笑說完這句話，最先夾起了燉近江牛。

「你知道就好。」妙用力點了點頭。

「燉得很軟，入口即化。」久彥閉上眼睛，細細品嘗牛肉的美味。

「因為燉了很久，肉就會燉得很軟爛。請慢用，等你吃完之後，我女兒會聽你說明情況。」流看到久彥開始用餐之後，走回了廚房。

「我把茶壺留在這裡，如果茶喝完了，再麻煩你叫我。」小石也跟著流離開了。

久彥拿起湯碗，喝了一口，忍不住嘆息。他把抹茶鹽撒在山菜天婦羅上，送進嘴裡，店內頓時響起了酥脆的咀嚼聲。接著又把切成薄片的鯛魚蘸了柚子醋後，吃了起來。

「這也太好吃了，一定是瀨戶內海的鯛魚。」久彥偷瞄著妙，自言自語著。

「正確地說，是宇和海的鯛魚。」妙頭也不回地嘀咕。

「原來是宇和海，難怪這麼好吃。」久彥在吃竹筍飯時說。

他剛才一定很餓，把烤魚、炸雞翅、燉菜和涼拌菜接連吃完了，轉眼間，青竹籃內也空了。

「合你的胃口嗎？」流拿著益子燒的陶土茶壺站在久彥的身旁問。

「太好吃了。大道寺這種老饕也對這裡讚不絕口，所以我早就知道這裡一定好吃，但沒想到會這麼好吃。」久彥眉開眼笑地說。

「真是太好了。我為你換了番茶，等你喝完之後叫我一聲，我帶你去裡面。」流收走了京燒的茶壺，換成了益子燒茶壺。

「可以為我上點心了嗎？」妙對流說。

「好，我今天做了櫻餅，敬請期待。抹茶要像往常一樣，濃一點比較好嗎？」
「如果是櫻餅的話，淡一點比較好。」
「也對，因為我並沒有做得很甜。」
「那就這麼辦。」
久彥等到流和妙討論結束後，摸著肚子站了起來。
「謝謝款待，請你繼續忙你的，我可以自己進去。從左側那道門走進去後，沿著走廊一直走就到了，對不對？大道寺已經告訴我了，所以沒問題。」
「那就太好了，小石已經在裡面等你了。」流指著裡面那道門說。
「不用在意我，反正我不趕時間。你還是帶他進去吧？」
「我不是小孩子，可以自己去裡面的房間。妳請慢用。」久彥忍住了飽嗝，打開了後方的門。
細長的走廊兩側牆上用圖釘釘滿了照片，雖然也有人的照片，但大部分都是料理的照片。吸引他目光的都是肉類料理，他每走一、兩步，都不由得停下來，好幾次駐足打量照片，最後終於敲了敲掛著「鴨川偵探事務所」牌子的門。

「請進。」小石似乎等候多時，立刻從裡面打開了門。

「打擾了。」久彥在黑色沙發的正中央坐了下來。

「可以請你填寫一下嗎？」坐在對面的小石把板夾放在茶几上。

「沒想到這麼正式。」久彥左側臉頰露出笑容拿起了筆。

「因為你是茜姐介紹的，也已經有了你的名片，你只要填寫電話就可以了。」小石小心翼翼地說。

久彥不加思索地填寫起來，不到一分鐘，就把板夾交還給小石。

「伊達久彥先生，你今年三十三歲嗎？住在六本木之丘的藝術塔大廈……。你的住家一定很高級吧？」小石嘆息著說。

「說是住家，但每天晚上都在那裡舉辦公司派對，所以簡直變成了辦公室。因為我住在三十九樓，所以視野的確很好。」

「京都沒有這麼高的大廈。」

「所以京都的街道才這麼漂亮。我是在鄉下地方的小島上出生，比起東京，京都這個城市更令我感到安心。」久彥看向窗外。

「你是在哪裡出生的？」

「瀨戶內海一個叫豐島的小島。」久彥兩條長腿翹起了二郎腿。

「在哪一帶？」

「妳知道廣島有一個叫吳的城市嗎？」

「有大致的概念。」小石的腦海中浮現了地圖。

「就在那附近。目前造了一座橋，但我以前往的時候，是只能搭船前往的離島。」久彥露出了若有所思的眼神。

「你想要找的『那一味』，是小時候在那裡吃過的東西嗎？」小石進入了正題。

「我想要找小時候吃過的馬鈴薯燉肉。」久彥探出身體說。

「是什麼樣的馬鈴薯燉肉？」小石在筆記本上記錄著。

「我不記得了，只知道是我媽媽做的。」久彥用低沉的聲音說。

「完全不記得了嗎？」

「對。」

「真傷腦筋，這樣會無從找起。你還有沒有什麼線索呢？」小石皺起了眉頭。

「在我五歲時，我媽生病去世了。在她去世之前不久，我們從豐島搬去了岡山的兒島，之後的事，我大致都記得，只是對豐島的記憶就很模糊……。」

「所以你母親是在二十八年前去世……。」小石在筆記本上記錄著。

「我雖然隱約記得和媽媽一起玩、一起泡澡，以及在島上探險的事，但是完全不記得她做的菜是什麼味道，只知道很好吃。」

「你父親做什麼工作？」小石努力想要找出線索。

「他經營一家倉儲公司，經常得意地說，我們家是島上最有錢的人家。雖然我們的生活的確很富裕，但終究只是鄉下地方的小島。」久彥微微低著頭說。

「搬去岡山之後，也仍然做相同的生意嗎？」小石看著久彥的臉問。

「雖然當時連同公司一起搬了過去，但是兩年左右就倒閉了。事後聽我爸說，是因為我媽生病花了很多醫藥費，沒有足夠的錢投資設備。」

「你母親生病很多年嗎？」

「聽說前後有一年半的時間，我媽好像得了什麼不治之症。」久彥小聲地說。

「你父親想必也很辛苦。」

「也不見得。因為在我媽去世後不到一年，他就再婚了，而且再婚的對象就是在我媽生病時照顧她的人。」久彥的臉上露出了冷笑。

「他可能認為你年紀還小，需要有媽媽。」

「突然要我叫之前照顧我媽的那個女人『媽媽』，我也無所適從，而且還突然有了一個比我大七歲的姐姐。」

「我可以請教你家人的名字嗎？」

「我爸叫伊達久直，媽媽叫伊達君枝。繼母叫伊達幸子，異父異母的姐姐叫伊達美帆。」久彥用公事化口吻說完後，探頭看著小石的筆記本。

「他們目前都還好嗎？」

「我爸在我小學畢業的那年春天就去世了。之後，在我讀國中、高中的六年期間，都和繼母、姐姐一起生活。雖然我們同住在一個屋簷下，但只有我和她們沒有任何血緣關係，每天的生活都很壓抑。從岡山的高中一畢業，我就離家去了東京。」久彥低頭看著茶几。

「你十八歲離家，然後過了十五年……。」小石掐指計算著。

「因為我沒日沒夜地努力，所以覺得真是一眨眼的工夫。」

「你從岡山去了東京，獲得了成功，為什麼現在想到要找馬鈴薯燉肉呢？」小石停下了正在做筆記的手。

「因為我答應要接受一本名叫《Cubic》的女性雜誌的採訪。」

「我知道那本雜誌。正確地說，我是那本雜誌的忠實讀者，是很適合像我這種三十歲左右的人看的雜誌……。你說的該不會是『成功人士』

專欄吧？」小石露出興奮的眼神，忍不住探出身體。

「雜誌下個月會來採訪我，提了幾個主題，像是成功的祕訣、目前的日常生活，以及介紹記憶中『媽媽的味道』。」久彥回答。

「媽媽的味道是男人的精神食糧，我記得有這樣的一個專欄。」小石記錄著。

「我努力思考，對我來說，什麼是媽媽的味道，然後就想起了馬鈴薯燉肉。」久彥的聲音中帶著陰鬱。

「即使你完全不記得那是什麼味道嗎？」小石一臉詫異地問。

「因為我終於發現，馬鈴薯燉肉就是我的精神食糧。」久彥抿著嘴。

「但是，你不是不記得是什麼味道嗎？」小石靠在沙發上問。

「我隱約記得很好吃，還有我媽媽做的馬鈴薯燉肉顏色偏紅。我只記得這些⋯⋯。但是，另一道馬鈴薯燉肉我卻記得一清二楚，記憶深刻。」

久彥皺起了眉頭。

「另一道？」小石坐直了身體，拿起了筆。

「那是我國中剛畢業那一年的春假，辦理完高中入學手續後回到家，發現晚餐已經煮好了。幸子阿姨和美帆一起出門不在家，我走去廚房，發現有兩鍋馬鈴薯燉肉。」久彥訴說著回憶。

「有兩鍋馬鈴薯燉肉？」小石納悶地問。

「我試吃後，發現兩鍋的味道明顯不同。其中一鍋比我平時吃的美味多了，也有很多肉，那是幸子阿姨和美帆吃的。我的那一鍋沒有肉，但是端上桌時，倒是有肉，八成是有點心虛吧。」久彥的聲音聽起來很難過。

「可能是因為鍋子裝不下，所以才分裝在兩個不同的鍋子裡。」小石說的話聽起來像是安慰。

「國中生當然知道是不是這樣，一想到她們一直在欺騙我，我就火冒三丈……。到底不是親生的孩子，果然會受到差別待遇。」久彥用力抿著嘴。

「原來是這樣啊……。」小石不知道接下來該說什麼。

「我就在那個時候下定決心，等我長大離家之後，一定要成功，讓她們悔不當初。」久彥握緊了拳頭。

「但是，你完全不記得去世的母親做的馬鈴薯燉肉是什麼樣的味道，真是傷腦筋。」小石面露難色。

「雖然可能無法成為重要線索，但我們之前住在豐島時，家境很富裕，我相信一定使用了高級的肉。我記得我爸曾經對我說：『普通的家庭根本吃不到這麼好的肉。』」久彥自豪地挺起胸膛。

「問題在於你不知道味道，即使知道使用了高級的肉也沒用啊。」小石翻著筆記本，頻頻側著頭思考。

「另外……。」久彥語帶遲疑。

「什麼？」小石注視著久彥的眼睛。

「不知道為什麼，說到去世的媽媽的馬鈴薯燉肉，我腦海中就會浮現出山的畫面。」

「山？馬鈴薯燉肉和山……。為什麼呢？」小石抱著手臂，注視著天花板。

「這是我不到五歲時的記憶。」久彥打起精神說。

「高級肉、山。只靠這兩條線索找出『那一味』……。」小石忍不住嘆了一口氣。

「萬一不行，我也已經找好備案。」久彥露出挑戰的眼神看著小石。

「備案？」

「我打算找經常上電視的知名料理達人館野義海幫忙，他被稱為創意日本料理王子，也是我的好朋友。我相信他一定能夠使用最棒的食材，重現我小時候吃的馬鈴薯燉肉。」久彥得意洋洋地說。

小石雖然有點生氣，但是不動聲色。考慮到流的心情，她沒把這句話寫下來。

「你和你媽媽和姐姐還有聯絡嗎？」

「在成人式時，我曾經回去兒島，那次是我最後一次回家。」

「你和她們十三年沒見了嗎？」

「沒有必要見面。」久彥毫不在意地說。

「我瞭解了，我們會努力設法為你尋找。」小石闔起了筆記本。

「我下個月要接受採訪，可以請你們配合嗎？如果不行的話，請趁早聯絡我，我可以進行下一步。」久彥站了起來，低頭看著小石說。

久彥快步走在走廊上，然後打開了通往食堂的門，似乎顯示他很熟門熟路。

「已經談完了嗎？」流慌忙收起了手上的報紙。

「你女兒在問話的時候很會把握重點。」久彥回頭看著跟在他身後的小石。

「我一定會很快為你找到。」流站起身，鞠了一躬說。

「你一找到就通知我，我馬上過來。」久彥也向流鞠了一躬。

「你的事業做那麼大，一定很忙碌。」

「我有很多優秀的下屬，所以別看我這樣，其實我很閒，我甚至曾經特地來京都，就只是為了吃烏漆墨黑的醬油味拉麵。」久彥笑了笑。

「我聽茜說過，我會努力為你尋找。」流也對他露出微笑。

小石默默聽著他們說話，打開了拉門。

「那就拜託了。」久彥走出玄關，虎斑貓跑了過來。

「不行！不可以把客人的衣服弄髒。」小石慌忙把瞌睡抱了起來。

久彥悠然自得地沿著正面通往西走，好像根本沒看到貓。

「爸爸，你完全不問情況嗎？我認為這次的任務很艱巨。」走回店裡，小石露出不安的表情看著流。

「要找什麼？」流在鐵管椅上坐了下來。

「馬鈴薯燉肉。」小石在對面坐下後回答。

「和我原本想的一樣。是不是他去世的媽媽做的？」流露出了很有自信的笑容。

「和你想的一樣是什麼意思？」

「一個月前，茜請我調查一個叫伊達久彥的人，希望瞭解是否可以在那個男人手下做事，所以我調查了他幾乎所有的事，包括他出生的情況，以及成長的過程，目前做什麼樣的工作。」流從櫃子中拿出了檔案夾。

「原來你前陣子突然去東京，是為了和茜姐見面。」小石的聲音有點低沉。

「因為她在電話中的聲音聽起來好像走投無路了，我總不能袖手旁觀。」流看著檔案夾內的資料。

「爸爸。」小石露出嚴肅的表情看著流。

「什麼事？」流抬起頭。

「……。沒事。」小石移開視線，站了起來。

「妳這孩子真奇怪。」流繼續翻著資料。

「媽媽的馬鈴薯燉肉是什麼味道？」小石改變了話題。

「很普通的馬鈴薯燉肉。牛肉片、洋蔥、胡蘿蔔和蒟蒻絲，馬鈴薯是用男爵馬鈴薯，掬子喜歡煮得帶有一點甜味。」流停下了手，露出若有所思的眼神。

「那不是和你做的一樣嗎？」小石笑了起來。

「本來就是這樣啊。」流闔起了檔案夾，翻開小石的筆記本。

「伊達先生說，使用的是高級的肉，因為他們家當時的生活很富裕。我覺得聽他說這些很煩。」小石皺起鼻子。

「我們是接受委託，沒有所謂喜歡或是討厭的問題。」流仍然看著筆記本，語氣堅定地說。

「雖然我不太會畫，但這是山。」小石指著筆記本角落畫的富士山。

「原來是山，是山喔……。爸爸要去岡山一趟。」流攤開了地圖。

「岡山？這次要找的不是他以前住在廣島時的馬鈴薯燉肉嗎？」

「兩個地方都要去，但是要先去岡山。」流指著地圖。

「岡山嗎？那你要記得帶吉備糰子給我當伴手禮。」小石拍了拍流的肩膀。

✿

久彥預測目前京都正值櫻花盛開之際，街頭巷尾一定人滿為患，所以在新幹線上，就已經預約了計程車。

當他坐上等在八條出口東側的黑頭車後，把「鴨川食堂」的地址告訴了司機。

「我做目前的工作三十年了，從未聽過有這家食堂。那裡有什麼出了名的招牌菜嗎？」司機看著後視鏡問他。

「今天是馬鈴薯燉肉，好像每天都不一樣。」久彥瞇著眼睛，看著車窗外流逝的京都街景。

無論是幹道還是狹窄的小路都擠滿了車子。久彥忍不住看了好幾次手錶，皺起了眉頭。

從他坐上車超過十五分鐘後，才終於抵達時，久彥無法克制臉上不悅的表情。

「不用找了，趕快開門。」

司機慌忙下車為他開了門，他推開司機，站在「鴨川食堂」門口。

「我們正在恭候你。」小石聽到動靜後，打開了拉門。

「謝謝妳通知我。」久彥脫下米色風衣，走進店內。

「路上很塞吧？」流露出柔和的笑容，從廚房走了出來。

「雖然我事先就有某種程度的心理準備。」身穿黑色襯衫的久彥聳了聳肩。

「今天會餓嗎？」

「現在這個時間，的確有點餓了。」久彥斜眼看了一眼剛過十一點半的掛鐘，放鬆了左側臉頰的肌肉。

「因為只吃馬鈴薯燉肉有點怪，所以我做成定食。配白飯一起吃，更能夠充分感覺味道。我馬上準備，你等我一下下。」流露出嚴肅的表情，走進了廚房。

久彥坐在鐵管椅上，從皮包裡拿出了手機。

「妳要看嗎？」久彥把手機螢幕出示在小石面前。

「這是法國料理嗎？」小石湊到螢幕面前問。

「這是館野為我試做的『回憶馬鈴薯燉肉』。」久彥兩側臉頰都露出了笑容。

「這是馬鈴薯燉肉？」小石瞪大了眼睛。

「這次使用了A5等級的松阪牛，馬鈴薯是北海道產的北紅寶石馬鈴薯，兩者都是最頂級的食材。用來調味的醬油是千葉縣的下總醬油，砂糖則是和菓子使用的和三盆糖。雖然我媽應該沒有使用這些材料，但是他說看了目前的我，想像應該是這樣的馬鈴薯燉肉。」久彥挺起了胸膛。

「要用切成薄片的里肌肉包著紫色馬鈴薯一起吃嗎？無論怎麼看，都不像是馬鈴薯燉肉啊。」小石很不以為然。

「讓你久等了。」流拿著漆器餐盤站在久彥身旁。

「我決定吃了這裡的料理後，再決定要用哪一道馬鈴薯燉肉接受雜誌採訪。」

流看到久彥把手機放回皮包後，把小一號的漆器餐盤放在桌子上。

「這就是我媽的……。」久彥探出整個身體，注視著餐盤中的料理。

古伊萬里的餐船用碗中裝了滿滿的馬鈴薯燉肉，用鮮豔的鈷藍色勾線的飯碗內，也裝了滿滿的飯。信樂的小碟子裝了廣島菜，根來塗的漆碗冒著熱氣。

「這就是你母親做的馬鈴薯燉肉，白飯是廣島產的『越光米』，這種米黏性很強，聽說你喜歡飯煮得軟爛一點。」

「我喜歡？你怎麼知道？」

「等你吃完之後，我再慢慢向你說明。醃菜是長時間醃製的古漬廣島菜，味噌湯使用了鯛魚骨高湯，裡面只加了水波蛋。這些都是你喜歡吃的，請慢用。」流鞠了一躬後轉身走去廚房，小石也跟著離開了。

久彥用力嗅聞了馬鈴薯燉肉的味道，隨即點了點頭。

他拿起筷子，把馬鈴薯燉肉的肉片放進嘴裡，咬了咬之後，立刻歪著頭。他又吃了馬鈴薯和洋蔥，右側臉頰露出了笑容。他想了一下，夾起一塊肉，打量片刻後放進嘴裡，又忍不住歪著頭。

他拿起了湯碗，喝了一口味噌湯，輕輕嘆了一口氣，用筷子戳破了水波蛋，拿著碗喝了起來。他放鬆了左側臉頰的肌肉。再用筷子把廣島菜撥開，包住白飯後一起送進嘴裡，這次兩側臉頰都露出了笑容。

他坐直身體後，又夾起了馬鈴薯燉肉裡的肉片，放在飯上，一起送進嘴裡，咀嚼了幾次之後，終於放下了筷子。

「怎麼樣？是不是懷念的味道？」流拿著益子燒的茶壺站在久彥的身旁問。

「無論味噌湯、醬菜和白飯，都有充滿懷念的感覺，但是，只有馬鈴薯燉肉例外。鴨川先生，這不是我媽的馬鈴薯燉肉，而是和幸子阿姨做的一模一樣。我想要尋找的是我親生母親做的馬鈴薯燉肉，你似乎誤會了。

很遺憾，沒有時間請你重新再找了，我當然會支付偵探費，請你把請款單寄到名片上的地址。」久彥站了起來，收拾東西準備離開。

「請等一下……。」小石看向久彥，又看了看流的臉，頓時有點不知所措。

「原來你記得。你說的沒錯，這的確是伊達幸子女士做的馬鈴薯燉肉。」流氣定神閒地說。

「我並沒有委託你們尋找她做的馬鈴薯燉肉。」久彥冷笑一聲，穿上了米色風衣。

「不，這就是你要找的馬鈴薯燉肉。」流直視著久彥的眼睛。

「你真會開玩笑，我要找的是我媽君枝做的馬鈴薯燉肉，但這是幸子阿姨做的，顏色也完全不一樣，根本是不同的馬鈴薯燉肉。」久彥一口氣說道。

「沒有不同，兩者是一樣的。」

「這怎麼可能都一樣？我媽和幸子阿姨並不是同一個人。」久彥面帶慍色。

「如果你在趕時間，現在離開也沒問題。因為你對結果並不滿意，所以不需要支付任何費用。但是，如果你願意聽我說，那就請你坐下。」流對久彥露出親切的笑容。

「我並沒有在趕時間。」久彥脫下了風衣，不甘不願地在鐵管椅上坐了下來。

「你說的沒錯，這道馬鈴薯燉肉的確是幸子女士告訴我的，所以顏色也不是紅色。但是，除此以外都完全一樣。幸子女士目前很健康，我去了位在兒島遠離市中心的小房子拜訪了她。」流向久彥出示了那張紅色鐵皮屋頂的平房照片。

「她還住在那裡？」久彥驚訝地拿起了照片。

「七年前，美帆小姐出嫁之後，她一個人守著那個家。你的房間也仍然保留著原來的樣子。」

「……」久彥注視著那張照片。

「至於這道馬鈴薯燉肉，是你母親君枝女士向幸子女士傳授的做法。這本筆記本上，詳細寫著使用什麼食材、怎麼調味等內容。這是我再三拜託，向幸子女士借來的。」流把已經完全變色的大學筆記本放在桌子上。

「『久彥吃的食物』這是我媽寫的？」久彥瞥了一眼寫在封面上的字，立刻翻開了筆記本。

「你母親因為生病變得虛弱之後，可能知道自己無法照顧你長大，於是就交給了將成為你繼母的幸子女士。因為你有點挑食，所以她在筆記本上詳細記錄了你喜歡吃的食物，和不喜歡吃的東西。」

「我媽交給幸子阿姨……。」久彥翻著筆記本，聚精會神地看著上面寫的內容。

「馬鈴薯燉肉在第五頁。」

久彥聽到流這麼說，急忙又翻了回去。

「位在豐島的吳被認為是馬鈴薯燉肉的發源地，吳式馬鈴薯燉肉使用了名為『五月皇后』品種的馬鈴薯，避免馬鈴薯燉得太爛，但是你母親君枝女士使用了豐島附近的特產品赤崎的馬鈴薯。那是名為『出島』的品種，目前仍然是很受歡迎的馬鈴薯。洋蔥使用的是淡路島的，醬油是小豆島的。三十年前就這麼講究食材，真的很厲害。可見你是在父母的關愛中長大。」

「這個大和煮該不會……。」久彥雙眼盯著筆記本嘀咕著。

「沒錯，就是罐頭，大和煮牛肉的罐頭。雖然上面也寫了，那時候豐島沒有可以持續供應高品質牛肉的店家，你似乎不喜歡吃太油的肉，所以你母親就使用了能夠維持相同品質的瘦肉罐頭。你們家當時經營食品倉儲公司，我相信容易買到也是理由之一。」流把罐頭放在桌子上，繼續說了下去。

「你的父母在聊天時，提到了大和煮。你聽到之後，就想像到了山。因為小孩子聽到『大和（yamato）』時，並不會想到『大和』這兩個漢字，會以為是山（yama）。」流指著罐頭上寫的「大和煮」這三個字。

「所以我才會記得山這件事。」久彥拿起了罐頭，臉上的表情也變得柔和了。

「你記憶中的馬鈴薯燉肉帶有紅色，是因為你小時候不愛吃胡蘿蔔，於是你母親就把胡蘿蔔磨泥之後加在裡面。但是，在幸子女士接手之後，即使把胡蘿蔔直接加進去，你也不會排斥，所以才造成顏色上有所不同。還有另一件事，就是兩鍋馬鈴薯燉肉這件事，其中一鍋沒有牛肉，是因為使用了大和煮罐頭的關係。因為已經煮好了，也調好味，只要在吃之前，把罐頭裡的肉加進去就好。可能是因為大和煮的牛肉幾乎沒有肥肉，如果煮太久，肉質反而會變硬。」

「我現在反而喜歡霜降牛肉。」久彥拿起了罐頭。

「高品質牛肉的油脂也很美味，但如果肉的品質不佳就不行了。雖然隨著年紀的增加，喜歡的口味也會改變，但是，幸子女士是個一絲不苟的人，她忠實地遵守你母親的交代。」流輕輕放下了幸子站在玄關的照片。

「她瘦了。」久彥的眼眶微微泛淚。

「古漬廣島菜和水波蛋味噌湯的字跡不同，所以應該不是你母親寫給她的內容，而是幸子女士自己寫上去的。」流用茶壺倒了茶。

「我完全不知道有這本筆記本存在。」久彥闔起了筆記本，緩緩撫摸著封面。

「你並不是吃過兩種不同的馬鈴薯燉肉，而是系出同門，是兩個媽媽的接力作品。」

「幸子阿姨特地為我做了不同的馬鈴薯燉肉……。」久彥看著虛空，想起了那兩鍋馬鈴薯燉肉。

「話說回來，如果要刊登在時下當紅的女性雜誌上，還是料理達人的料理更理想。我剛才瞄了一眼，完全符合你的形象。使用罐頭牛肉，感覺很寒酸。」

「……」久彥默然不語，指尖撫摸著筆記本的封面。

「幸子女士對你事業成功，而且在各方面很活躍感到十分高興。她剪下了關於你的報導，剪貼簿貼得滿滿的。聽說你每年年底都會寄一大筆錢給她，她說很感謝你，但是她完全沒動，全都存了起來。」

「我原本希望她用那些錢改建房子，或是去買新的房子。」久彥聽了流說明的情況，露出了苦笑。

「雖然她為兒子功成名就感到高興，但也很擔心你哪一天會走下坡。萬一發生這種情況，她覺得必須把那些錢還給你。無論是否有血緣關係，母親永遠都會為兒女的將來操心。」流用懇切的語氣規勸久彥。

「謝謝你，我連同上次的餐費一起支付。」久彥轉頭看向小石。

「請將符合自己心意的金額匯入這個帳戶。」小石遞給他一張便條紙。

「這本筆記本和罐頭可以給我帶回家嗎？」久彥問流。

「請你務必帶回去。雖然會增加你的負擔，但我準備了五罐。」流直視著久彥的眼睛說。

「我幫你裝在紙袋裡。」小石打開了書櫃的門。

「不用了，我放進皮包就好。」久彥在說話的同時，已經放進皮包，緊緊抱在胸前。

「很期待看到《Cubic》的訪談內容。」小石打開拉門，對久彥說。

「等出版之後，我會寄給妳。」久彥回答時，瞌睡悄悄走到他的腳邊。

「貓真是可愛，很悠閒。牠叫什麼名字？」久彥蹲下來，摸了摸瞌睡的頭。

「牠名字叫瞌睡，因為牠真的很愛睡覺。」當久彥蹲在瞌睡旁邊時，牠叫了一聲。

「代我向茜問好。」久彥拍了拍褲腳，站了起來，流對他說。

「我知道問這種問題很冒昧，請問你和大道寺是什麼關係？」久彥轉頭看著流問。

「她是我太太生前的好朋友。在我們結婚之前，就已經認識茜了，我把她當成自己的妹妹。」

「所以，你決定在《料理春秋》雜誌刊登廣告。」久彥恍然大悟地點了點頭。

「因為《料理春秋》並不是那種提供美食資訊的膚淺雜誌，雜誌上的文章都很認真討論飲食問題。在那本雜誌上刊登廣告，可以吸引正派的人上門。只要有緣，就會找到這裡。這是我的想法。」流抿起嘴巴。

「希望你和茜能夠好好守護《料理春秋》。」小石向久彥鞠了一躬。

久彥也鞠了一躬，然後往西邁開步伐。

流對著他的背影鞠了一躬，小石也跟著鞠了躬。

「你覺得他會用哪一道馬鈴薯燉肉？」一走回店裡，小石就問流。

「哪一道都無所謂。」流不感興趣地回答。

「他上次完全沒有注意到瞌睡，今天竟然摸了瞌睡的頭。他的心境應該發生了變化。」小石抱著雙臂說。

「妳看人的眼光有進步喔。」

「原來你也發現了。」

「當然啊。等一下來做賞花便當，今晚去賞櫻花。」

「好主意，也要帶很多酒。要去哪裡賞花呢？」

「聽說賀茂川半木之道的枝垂櫻現在開得正漂亮，我打算搭地鐵到北大路車站。」

「不知道媽媽會不會寂寞。」小石看向佛壇。

「那就準備三人份的便當，把媽媽的照片也一起帶去賞花。」流走向廚房。

「那我要帶這個。」小石跑進客廳，打開了衣櫃的抽屜。

「妳要帶什麼？」流跟在她身後走去客廳，探頭張望著。

「這是用櫻花染的披肩，媽媽很喜歡，你記得嗎？」小石把粉紅色披肩放在胸前說。

「我當然記得。那是去信州旅行時買回來的，但回程時，不小心忘在火車上。掬子當時很難過，忍不住哭了，說自己闖禍了。後來又找到時，她喜極而泣。」流說著說著，眼眶濕潤起來。

「幸好我們家只有一個媽媽。」小石緊緊抱著披肩，淚水從她的臉頰滑落。

「妳越來越像掬子了。」流瞇起了眼睛。

鴨川食堂❶ 尋味之旅的開始

國家圖書館出版品預行編目（CIP）資料

鴨川食堂①尋味之旅的開始／
柏井壽著；王蘊潔譯 . –
初版 . – 新北市：晴好出版事業有限公司出版：
遠足文化事業股份有限公司發行，
2025.07- 冊；12.8×19 公分
ISBN 978-626-7733-09-7
（第 1 冊：平裝）
861.57　　114005852

作　　者　柏井壽
譯　　者　王蘊潔
封面繪圖　川貝母
企劃編輯　黃文慧
責任編輯　鄭雅芳
特約編輯　J.J.CHIEN（男子製本所）
裝幀設計　J.J.CHIEN（男子製本所）
校　　對　呂佳真

出　　版　晴好出版事業有限公司
總 編 輯　黃文慧
副總編輯　鍾宜君
主　　編　鄭雅芳
編　　輯　胡雯琳
行銷企劃　吳孟蓉
地　　址　231-023新北市新店區民權路108-4號5樓
網　　址　www.facebook.com/QinghaoBook
電子信箱　Qinghaobook@gmail.com
電　　話　（02）2516-6892
傳　　真　（02）2516-6891
發　　行　遠足文化事業股份有限公司（讀書共和國出版集團）
地　　址　231-023新北市新店區民權路108-2號9樓
電　　話　（02）2218-1417
傳　　真　（02）2218-1142
電子信箱　service@bookrep.com.tw
郵政帳號　19504465
（戶名：遠足文化事業股份有限公司）
客服電話　0800-221-029
團體訂購　（02）2218-1717#1124
網　　址　www.bookrep.com.tw
法律顧問　華洋法律事務所蘇文生律師
印　　製　呈靖印刷
初版一刷　2025年7月
定　　價　380元
I S B N　978-626-7733-09-7
EISBN(PDF)　978-626-7733-02-8
ISBN(EPUB)　978-626-7733-01-1